Streu Glitzer drauf!

Marie-Pasquale Reuver

Streu Glitzer drauf!

Geschichten von Gottesbegegnungen im Alltag

Patmos Verlag

VERLAGSGRUPPE PATMOS

PATMOS
ESCHBACH
GRÜNEWALD
THORBECKE
SCHWABEN
VER SACRUM

Die Verlagsgruppe
mit Sinn für das Leben

MIX
Papier | Fördert gute Waldnutzung
FSC® C014496

Klimaneutral
Druckprodukt
ClimatePartner.com/14549-2003-1001

Die Verlagsgruppe Patmos ist sich ihrer Verantwortung gegenüber unserer Umwelt bewusst. Wir folgen dem Prinzip der Nachhaltigkeit und streben den Einklang von wirtschaftlicher Entwicklung, sozialer Sicherheit und Erhaltung unserer natürlichen Lebensgrundlagen an. Näheres zur Nachhaltigkeitsstrategie der Verlagsgruppe Patmos auf unserer Website www.verlagsgruppe-patmos.de/nachhaltig-gut-leben

Bibliografische Information der Deutschen Nationalbibliothek
Die Deutsche Nationalbibliothek verzeichnet diese Publikation in der Deutschen Nationalbibliografie; detaillierte bibliografische Daten sind im Internet über http://dnb.d-nb.de abrufbar.

Verlagsgruppe Patmos in der Schwabenverlag AG, Ostfildern
www.verlagsgruppe-patmos.de

Umschlaggestaltung: Finken & Bumiller, Stuttgart
Umschlagabbildung: Adela Belovodjanin / shutterstock.com
Gestaltung, Satz: Schwabenverlag AG, Ostfildern
Druck: GGP Media GmbH, Pößneck
Hergestellt in Deutschland
ISBN 978-3-8436-1443-6

Inhalt

Vorwort

Wenn ich abends mit meinen Mitschwestern die Nachrichten anschaue, dann fehlt mir eines immer mehr: Gute Nachrichten! Gesellschaftlich gehen wir durch schwierige Zeiten. Wir müssen, oft schmerzlich, akzeptieren, dass nicht alles immer nur besser wird. Kriege rücken näher und lassen uns ihre Auswirkungen spüren, unsere Gesundheit scheint bedroht und schränkt unser alltägliches Leben ein und unsere Mutter Erde ächzt unter all dem, was wir ihr abverlangen, damit wir auf nichts verzichten müssen. Zukunftsperspektive: düster. Oft muss ich dem Impuls widerstehen, die Nachrichten einfach abzuschalten. Doch ich möchte an dem Leiden nicht vorbeigehen. Viel kann ich oft nicht tun, in manchem erlebe ich mich als ohnmächtig. Doch wenigstens hinschauen kann ich, mich berühren lassen, mir den anderen nicht egal sein lassen. Der Heilige Franziskus von Assisi sieht in den Nächsten die Schwester und den Bruder – auch in der Schöpfung. Mit diesem Blick möchte ich durch den Alltag gehen. Egal, ob die Frauen im Iran oder in Afghanistan hunderte Kilometer entfernt wohnen, sie sind meine Schwestern, genauso wie die ukrainischen Soldaten meine Brüder sind. Nicht wegschauen ist da das Mindeste, das ich tun kann.

An den schwierigen Realitäten, die mir die Nachrichten zeigen, möchte ich nicht vorbeischauen. Aber wie geht das, ohne depressiv, pessimistisch oder sarkastisch zu werden? Innerlich bete ich für mich in solchen Situationen häufig das Vaterunser, wie eine Hintergrundmelodie, die mir hilft zu verstehen: Wir sind mit dieser Realität nicht allein. Gott ist dabei – wenn ich ihn/sie in dem Moment auch nicht verstehe. Gott hat uns Verantwortung für unsere Schöpfung gegeben. Der dürfen wir tatkräftig gerecht werden. Aber wir müssen auch nicht alles selbst können und nicht durch alles allein hindurch gehen.

Den Tiefen des menschlichen Lebens kann ich mich dann stellen, wenn ich meinen Blick dafür schule, dass ich in all dem auch das Hoffnungsvolle, Mutmachende und Heilige entdecke. Nicht, um Leidvolles wegzuwischen, sondern um die Kraft zu haben, mein Leben in allen Höhen und Tiefen zu leben. Dieser Blick hilft mir, in meinem Alltag zu spüren, dass Gott an meiner Seite ist, dass er unter uns und in uns wahrnehmbar ist. Und dazu soll diese kleine Textzusammenstellung dienen: Viele kleine Geschichten, wie ich Gott in meinem Alltag erlebe, in Frohem wie in Leidvollem. Ich kann Gott beim Lesen eines Romans entdecken, im Gesicht eines Obdachlosen, in den Worten der Kellnerin meines Lieblingscafés oder im Schriftzug auf meiner Kaffeetasse. Doch dafür muss ich bereit sein zu akzeptieren, dass Gott sich von meinem Alltagsstress nicht wegschicken lässt – ganz im Gegenteil! Möge dieses Büchlein dazu beitragen, dass auch du in deinem Alltag immer mehr Heiliges entdeckst!

Streu Glitzer drauf!

Eine Freundin schickte mir neulich eine Postkarte mit der funkelnden Aufschrift: „Wenn dich dein Leben nervt – streu Glitzer drauf!“ Die Karte war voller Glitzer. Mein Alltag sah gerade anders aus …
Ja, das gibt es, dass mein Leben mich nervt und anstrengend scheint. Auch wenn ich oft keinen großen Grund dafür habe, gibt es dieses Gefühl immer einmal wieder. „Streu Glitzer drauf“ ließ mich sofort lächeln. Ich mag Glitzer und Chichi sehr gerne, es darf ruhig funkeln und strahlen – und einfach nur unnötig schön sein. Auf den ersten Blick klingt das vielleicht sehr oberflächlich.

Für mich drückt es jedoch eher eine Haltung aus, die es versteht, den Alltag schön zu machen und die Glanz verleihen möchte. Glitzer ist für mich ein Symbol für die Überfülle der Schönheit des Lebens. Wohl gerade deshalb mag ich den Kartenspruch so gerne. Glitzer und Dunkelheit stehen nebeneinander. Glitzer als Ausweg aus der Dunkelheit. Ich bin der Dunkelheit nicht ausgeliefert, sondern kann meinen Blick auf den Glitzer richten. Gleichzeitig muss ich nicht so tun, als gäbe es die Dunkelheit nicht – der Spruch heißt schließlich nicht: „Wenn dich dein Leben nervt, dann stelle dir vor, es würde glitzern.“ Dunkelheit und Glitzer widersprechen sich nicht.

Ich kann Schönheit in mein Leben bringen, auch dann, wenn es einmal schwierig ist. Manchmal sind es die kleinen Momente, die mir das zeigen: Da ist ein großer Streit, aus dem es gerade keinen Ausweg gibt, aber ich lasse mich bewusst ein wenig von der Sonne bescheinen. Da betrauere ich den Verlust eines lieben Menschen, aber ich bin auch dankbar für das, was der andere mir geschenkt hat. Oder ich bin gerade in negativen Gefühlen verstrickt und ringe mich dennoch dazu durch, etwas zu tun, was mir guttut und meine Perspektive ein wenig verändert.

Und mehr noch: Ich muss nicht alleine für Glitzer in meinem Leben sorgen. Glitzermomente werden mir oft geschenkt. Von meiner Umwelt und von Gott. In meiner Dunkelheit darf ich ihn anflehen, meinem Leben Licht zu schenken.

„Streu doch Glitzer drauf, Gott! Lass mich doch wieder Freude erkennen!“ Wie schön, mir vorzustellen, unter seiner „Glitzerdusche“ zu stehen. Stelle ich mich abends einmal bewusst darunter: Wo bin ich heute mit Schönheit beschenkt worden? Wo stand ich heute in seinem Glanz?

Wer schon einmal ein Glitzer-Make-Up genutzt hat oder einen glitzernden Dekogegenstand angefasst hat, der weiß: Glitzer bleibt mitunter lange – man bekommt den Glitzer kaum aus dem Gesicht und letzte Überreste der Deko bleiben oftmals lange im Teppich hängen. So ist es mit den glanzvollen Momenten unseres Lebens wohl auch: Wahre Glanzmomente, die halten lange an, auch wenn Tränen daran herumwischen.

Und doch sind diese Glanzmomente immer auch bedrohte Momente. Im zweiten Korintherbrief heißt es im vierten Kapitel:

„Denn Gott, der sprach: Aus Finsternis soll Licht aufleuchten!, er ist in unseren Herzen aufgeleuchtet, damit aufstrahlt die Erkenntnis des göttlichen Glanzes auf dem Antlitz Christi. Diesen Schatz tragen wir in zerbrechlichen Gefäßen; so wird deutlich, dass das Übermaß der Kraft von Gott und nicht von uns kommt. Von allen Seiten werden wir in die Enge getrieben und finden doch noch Raum; wir wissen weder aus noch ein und verzweifeln dennoch nicht; wir werden gehetzt und sind doch nicht verlassen; wir werden niedergestreckt und doch nicht vernichtet."

Wir tragen ihn, diesen Glanz, aber eben in zerbrechlichen Gefäßen. Der größte Schatz liegt wohl in dem „und doch" – bei aller Bedrohung gibt es eine Perspektive. In einem neuen geistlichen Lied wird dieser Zusammenhang wie folgt ausgedrückt: „Größer als alle Bedrängnis ist deine Treue, Herr. Du sprengtest unser Gefängnis, du bringst uns das Neue, Herr. Dein Leben will singen aus Tod und Misslingen. Halleluja, lobet Gott." Seine Treue ist größer als jede Bedrängnis, sein Leben stärker als der Tod. Den Glanz tragen wir in zerbrechlichen Gefäßen. Unser Leben zeigt immer auch die andere Seite. Die großen Glitzermomente können wir uns eben doch nicht allein verschaffen. Natürlich kann ich meinen Alltag selbst verschönern und für Licht sorgen. Aber das Licht, das eine neue Perspektive in der Bedrängnis schenkt und mir meinen Weg wirklich ausleuchtet und nicht nur für ein Funkeln sorgt, das ist Gott selbst. Glitzer funkelt, weil er das Licht reflektiert. Streue ich Glitzer aus, dann gebe ich Gott also einen Reflexionsraum in meinem Leben. Es glitzert eben erst dann, wenn Licht darauf fällt. Beides muss zusammenkommen: Sein Licht und meine Bereitschaft, mich auch in sein Licht zu stellen. Sein Licht vermag es, jede Dunkelheit in meinem Leben zu erhellen, wenn es manches Mal auch nicht leicht sein mag, auch das Licht wieder zuzulassen, wenn ich mich an eine Dunkelheit gewöhnt habe.

Gott bestrahlt uns mit seinem Licht. „Ich bin das Licht der Welt", sagt Jesus im Johannesevangelium. (Joh 8,12) An anderer Stelle heißt es im Matthäusevangelium: „Ihr seid das Licht der Welt.“ (Mt 5,14) Der Schatz, den wir in zerbrechlichen Gefäßen tragen, ist Christus selbst. Wir tragen ihn in uns, er strahlt aus uns heraus und so werden wir selbst zu Strahlenden, zu einer Lichtquelle.

Ein Text von Marianne Williamson, der oft Nelson Mandela zugeschrieben wird, weil er ihn bei seiner Antrittsrede zitierte, zeigt, dass wir selbst bestimmt sind, Licht zu sein:

Jeder Mensch ist dazu bestimmt zu leuchten! Unsere tiefgreifendste Angst ist nicht, dass wir ungenügend sind, unsere tiefgreifendste Angst ist, über das Messbare hinaus kraftvoll zu sein. Es ist unser Licht, nicht unsere Dunkelheit, die uns am meisten Angst macht.

Wir fragen uns, wer ich bin, mich brillant, großartig, talentiert, fantastisch zu nennen? Aber wer bist Du, Dich nicht so zu nennen?

Du bist ein Kind Gottes. Dich selbst klein zu halten, dient nicht der Welt. Es ist nichts Erleuchtetes daran, sich so klein zu machen, dass andere um Dich herum sich nicht unsicher fühlen. Wir sind alle bestimmt, zu leuchten, wie es die Kinder tun. Wir sind geboren worden, um den Glanz Gottes, der in uns ist, zu manifestieren. Er ist nicht nur in einigen von uns, er ist in jedem einzelnen.

Und wenn wir unser Licht erscheinen lassen, geben wir anderen Menschen die Erlaubnis, dasselbe zu tun. Wenn wir von unserer eigenen Angst befreit sind, befreit unsere Gegenwart automatisch andere.

Kinder können das leichter als wir Erwachsene. „Ich kann das schon selbst!", ist ein so wunderbarer Kindersatz, der manches Mal in Situationen gesagt wird, in denen man nicht von Können sprechen kann. Da steht ein Kind mit seiner Blockflöte vor mir: „Schau mal, ich kann Flöte spielen und gebe dir ein Konzert." Ehrlich gesagt, kam kaum ein Ton ohne Piepen und an nicht jeder Stelle wurde der richtige Ton getroffen. Dennoch beendete der Kleine stolz sein Konzert und strahlte mich über das ganze Gesicht an. Er war stolz auf das, was er geschafft hatte – Perfektion war ihm nicht wichtig, sondern eben das Strahlen, das aus ihm herauskam.

Was würde sich ändern, würden wir unser Strahlen zulassen? Was würde sich ändern, würden wir mit einer Haltung durchs Leben gehen, die zeigt: „Ja, ich bin Kind Gottes, ich trage das Antlitz Christi in mir, ich bin Tempel des Heiligen Geistes?" Ich würde glitzern, würde andere ermutigen zu glitzern und so würde sich das Licht mehren. Die Freude würde wachsen und seine Gegenwart würde immer mehr unser Leben durchtönen.

Wo strahle ich Christus aus? Welche meiner Eigenschaften haben Strahlkraft auf andere? Wo kommt mein Licht zu kurz? Und wenn es einmal dunkel scheint: „Streu Glitzer drauf und stell dich in sein Licht!"

„Sorgt euch nicht um Morgen!" (Mt 6,19-34)

„Sorgt euch nicht um euer Leben, was ihr essen oder trinken sollt, noch um euren Leib, was ihr anziehen sollt! Ist nicht das Leben mehr als die Nahrung und der Leib mehr als die Kleidung?

Seht euch die Vögel des Himmels an: Sie säen nicht, sie ernten nicht und sammeln keine Vorräte in Scheunen*; euer himmlischer Vater ernährt sie. Seid ihr nicht viel mehr wert als sie? Wer von euch kann mit all seiner Sorge sein Leben auch nur um eine kleine Spanne verlängern?*

Und was sorgt ihr euch um eure Kleidung? Lernt von den Lilien des Feldes, wie sie wachsen: Sie arbeiten nicht und spinnen nicht. Doch ich sage euch: Selbst Salomo war in all seiner Pracht nicht gekleidet wie eine von ihnen.

Wenn aber Gott schon das Gras so kleidet, das heute auf dem Feld steht und morgen in den Ofen geworfen wird, wie viel mehr dann euch, ihr Kleingläubigen! Macht euch also keine Sorgen."

(Mt 6,25–31)

So gerne würde ich diese Worte Jesu beherzigen. Er hat ja Recht! Wie viele unnötige Sorgen nehmen mir im Alltag die Kraft. Wie schnell schaue ich auf das Negative statt auf das

Positive ... Da kann es schon reichen, dass die Mitschwester morgens das Milchpacket leer macht und kein neues hinstellt. Auf dem falschen Fuß erwischt, machen sich in meinem Kopf Gedanken breit wie: „Hauptsache sie hat, ich bin wohl unwichtig!". Genauso gut könnte ich doch innerlich lächeln: „Da ist wohl jemand genauso müde wie ich und bemerkt nicht, dass es für die Nächste schön wäre, ein neues Packet zu holen." Oder auch „Sie hat's wohl ganz schön stressig gerade, dass der Kopf dafür nicht frei ist."

Und das ist ja erst der Anfang: Fällt mir noch etwas Vernünftiges für die Predigt ein? Ob mir für das Gespräch wohl die richtigen Worte kommen? ... Und auch vor dem Ins-Bett-Gehen: „Hoffentlich schlafe ich schnell ein – die Nacht ist so kurz."

Diese ganzen Sorgen bringen mir in der Regel – nichts. Nichts, außer dass mein Alltag negativ durchtränkt wird. Da tut es mir gut, immer wieder innezuhalten und mir zu sagen, dass Gott schon für mich sorgen wird. Diese Zusage reicht mir jedoch oft nicht aus. Mir hilft es eher, mich der Erfahrung zu vergewissern, dass Gott sorgt, und in meinem Alltag diese Momente besonders wahrzunehmen. Um mich darin zu üben, habe ich mir eine Dankbarkeitsschnur gebastelt. Zehn Perlen, die verschiebbar sind, und so an der jeweiligen Stelle stehenbleiben. Im Laufe des Tages sammle ich so Momente der Dankbarkeit. Die Gründe, die ich zur Dankbarkeit habe – für mich ein guter Weg, mich zu vergewissern, dass Gott für mich sorgt.

Als ich die Schnur gebastelt hatte, saß ich direkt danach in einer langweiligen und langen Sitzung. Ich hatte mich schon ohne große Lust auf den Weg gemacht und die Tagesordnung versprach auch nicht, dass sich das ändern würde. Meine Abwärtsspirale begann so richtig in Fahrt zu kommen. Da fiel mir die Schnur wieder ein: Statt frustriert und wütend zu sein, könntest du dich auch darum kümmern, sagte ich mir. So begann ich, mit der Schnur nach Gründen für Dankbarkeit zu suchen. Und da gab es viele. Drei Mal konnte ich das Band durchgehen. Zugegeben – Zum Schluss wurde ich schon sehr kreativ in der Suche: „Danke, dass das Wasser medium ist. Danke, dass die Sonne für schönes Licht im Raum sorgt. Danke, dass es weder zu warm noch zu kalt ist. ..."

Die Sitzung fand ich nach wie vor nicht hilfreich – aber sie hat nicht mehr für schlechte Stimmung in mir gesorgt, die ich wahrscheinlich auch noch weitergegeben hätte. Ich konnte nun auch wieder die andere Seite sehen: All das, was mir geschenkt ist und was nicht selbstverständlich ist. All das Schöne, das mich umgibt, auch in dem auf den ersten Blick Schwierigen.

Gott sorgt für mich. Ich kann mich auf ihn verlassen. Er sorgt für mich und beschenkt mich reich. So schnell schauen wir auf die Schwierigkeiten, die uns umgeben und verlieren den Blick für all das Gute, das uns auch umgibt. Die Dankbarkeitsschnur – für mich eine Möglichkeit aus der Einseitigkeit dieses Blickes auszusteigen.

Mein Gott, mein Gott, warum hast Du mich verlassen? (Ps 22)

Ist Gott im Leid?

Gott in Allem suchen und finden. Gott finden in Allem, wirklich in Allem, auch im Leid? Für einige sicherlich provokativ. Im Leid Gott suchen, ja gut, das ist noch nachzuvollziehen. Wie schnell beginne ich, nach Gott zu suchen, nach ihm zu fragen, wenn ich mich im Leid ohnmächtig fühle und auf Rettung hoffe. Aber im Leid Gott finden? Im Vordergrund steht häufig doch erst einmal das Gefühl von Gott verlassen zu sein, völlig allein zu sein.

Wo ist denn da Gott?

Da erzählt mir ein neunjähriges Mädchen wie unglücklich sie ist, weil ihre Eltern immer an ihr rummeckern und sie das Gefühl hat, nicht gut genug zu sein, nichts richtig zu können. Sie steht allein da, glaubt von niemandem geliebt zu werden. Ihre Augen strahlen die ganze Traurigkeit aus, die sie in sich trägt. Und dann die Frage: „Wo ist denn der liebe Gott?"

Da vertraut mir jemand an, dass all die vergangen Erfahrungen wie eine schwere Last auf ihr liegen, dass sie glaubt, aus diesem ganzen Strudel nicht mehr herauszukommen. Sie fragt, wo ihr Leben denn noch einen Sinn hat bei all der Verzweiflung, was ihr ihr Leben noch bedeuten kann, wenn es ihr nicht mehr gelingt, glücklich und zufrieden zu sein. „Und beten, das funktioniert auch nicht. Zu wem denn? Ich fühl mich völlig allein!"

Da schaue ich die Nachrichten, sehe so viel Leid in der Welt, viele Menschen, die unter menschenunwürdigen Bedingungen ums Überleben kämpfen. Völlig fertig und am Ende. „Und, wo ist denn da Gott?“

Der Versuch dem Leid aus dem Weg zu gehen

Ja, die Erfahrungen von Leid können den Glauben schon ziemlich auf die Probe stellen. Plötzlich rückt Gott unheimlich weit weg, wird unbegreiflich, unvorstellbar. Wenn es ihn gibt, würde er dann nicht ...? Oftmals sieht man keinen anderen Weg, als das Leid an den Rand zu drängen, sich durch Beschäftigungen abzulenken oder aber man sucht nach Gründen, um das Leid, um das quälende „Warum?“ nicht mit in die Gottesbeziehung zu nehmen, sie „heil“ zu lassen und all die Zweifel, all die Klage auszublenden. Aber wird das der Gottesbeziehung gerecht? Werde ich mir, werde ich Gott mit einer solchen Haltung des Ausblendens gerecht? Halte ich das Leid in mir, ohne es mir anzuschauen, ohne mich ihm auszusetzen und den damit verbundenen Schmerz hinzunehmen, dann schwirrt es in mir herum und lässt mich nicht in Ruhe. Es wird weiter um seinen Raum kämpfen.

In den Psalmen wird uns gezeigt, wie wir das Leid mit in die Gottesbeziehung nehmen können. Die Beter und Beterinnen halten nicht den Mund, sie machen sich Luft. All ihren Zorn, ihre Wut, ihre Aggressionen, ihre Enttäuschung, ihre Verzweiflung und ihre Angst behalten sie nicht für sich, sie schleudern sie Gott mit aller Wucht entgegen. Das Leid machen sie nicht mit sich aus, sie verschließen sich nicht in Selbstmitleid, sperren sich in kein Schneckenhaus, sondern treten Gott entgegen, konfrontieren ihn mit Klagen. Ihnen scheint Gott zwar unendlich fern, sie verstehen ihn nicht, verlangen nach einer Erklärung, aber sie nehmen die Ferne nicht einfach hin, sondern suchen weiter, suchen nach seiner Nähe.

Und das Erstaunliche ist: Das Leid verwandelt sich nach den tiefsten Klagen häufig in große Dankbarkeit. „Du hast mein Klagen in Tanzen verwandelt." (Ps 30,12) Wie kann das sein? Hat sich die Lebenssituation so plötzlich grundlegend geändert? Meistens wird dies in den Psalmen nicht deutlich.

Die Dynamik des Klagens selbst ist es, die zum Danken oder zumindest zu einer neuen Sicht, zu ein wenig Erholung, führt: Ich lasse raus, was mich belastet, ich spreche es aus, vielleicht schreie ich es regelrecht aus mir heraus und je mehr ich schreie, je mehr ich klage und meiner ganzen Verzweiflung Luft mache, desto mehr Platz entsteht in mir für andere Gefühle.

Was sich ändert, ist nicht unbedingt meine Lebenssituation, aber mein In-Beziehung-Sein erfährt eine wichtige Wandlung: Ich bin nicht mehr allein mit meinen Klagen, sondern teile sie mit jemandem, lege sie Gott vor. Ändern kann ich meine Lage vielleicht nicht, aber ich gebe sie aus der Hand. Ich mache mich nicht mehr allein für mich verantwortlich, sondern teile die Verantwortung mit ihm. Meine eigene Ohnmacht erkenne ich an und kann sie Gott übergeben. Aus mir schwindet der Druck, den ich mir mache, und ich werde ein wenig freier. Ich erkenne meine eigenen Grenzen an.

Nicht, dass sich mit dem Klagen alles ändert, nicht, dass das Leid damit von einem Moment auf den anderen verschwindet. Aber zumindest bin ich mit dem Leid nicht mehr allein. Im Jammern kreise ich ziellos um mich herum. Klagen hingegen ist zielgerichtet auf ein Gegenüber hin. Eine echte Beziehung verlangt nach Aufrichtigkeit, die Probleme nicht ausklammert. Und so kann ich auch meine Klagen vor Gott bringen. Jesus zeigt uns am Kreuz, was es heißt, sich auch im Leid an Gott zu wenden und aus tiefstem Herzen zu klagen. Im Leid verkriecht er sich nicht, sondern findet Gott in der Klage als den, der auch im Leid bei ihm ist.

Klagen entfernt uns nicht von Gott. Die Klage trennt mich nicht von ihm, auch das Leid nicht. Im Klagen komme ich ihm nahe, weil ich mich ihm anvertraue. Oder wie Paulus es ausdrückt: „Ich bin gewiss: Weder Tod noch Leben, weder Gegenwärtiges noch Zukünftiges, können uns scheiden von der Liebe Gottes, die in Christus Jesus ist, unserem Herrn." (Röm 8,38f)

Die Kraft des Klagens

Manchmal, da möchte ich laut schreien
Dich beschimpfen, brüllen, klagen.
Da würde ich dich am liebsten an die Wand drängen
Und dich fragen
Was du dir bitte dabei gedacht hast.
Ich möchte dich festhalten
Bis du mir endlich eine Antwort gibst.

Manchmal, da möchte ich mich umdrehen,
Dir den Rücken zuwenden,
So unverständlich ist mir so vieles
Und so wütend bin ich über so vieles.
Wie gut, dass ich das darf,
Du dir das alles anhörst
Meine Schreie aushältst
Vor meinen Klagen nicht flüchtest
Bei mir bleibst.

Wenn ich dann ruhig werde
Öffnest du deine Arme für mich
Tröstest mich.

Zerbrochen und wunderschön

Im Leben kommt es immer wieder zu Brüchen. Eine Freundschaft oder Partnerschaft, die zerbricht, ein Selbstbild, das durch eine Herausforderung ins Wanken gerät, ein Verlust, der zu verkraften ist, Lebensereignisse, die unsere Seele angreifen.

Der erste Impuls ist da häufig, das Zerbrochene zu kaschieren. „Was nicht sein darf, das ist auch nicht." Oder ich verdränge die Situation, um den Schmerz der Realität nicht ertragen zu müssen. In uns herrscht so schnell ein Drang zur Perfektion. Perfektion, die keinen Platz lässt für die Realität des Lebens. So geht es mir auch: Wenn etwas nicht gut ist, dann muss es aber möglichst schnell wieder gut werden. Dann will ich wenigstens perfekt sein im Überwinden.

Die japanische Kunst des Kintsugi zeigt mir einen ganz anderen Umgang mit Brüchen. Wenn etwas aus Porzellan kaputt gegangen ist, dann schmeißt man es nicht einfach weg, sondern kittet es. Und macht aus den Rissen etwas unglaublich Bezauberndes: Man füllt sie mit Gold. Man sieht die Risse, ja, aber sie werden zu etwas Schönem und Einzigartigem. Es wird nicht versucht so zu tun, als hätte es den Bruch nie gegeben. Sondern der Riss wird erst recht betont: Aber nicht mit dem Finger darauf gezeigt, à la „Schau mal, wie unansehnlich!", sondern hervorgehoben: „Sieh her, auch aus einem Riss kann etwas wunderbar Schönes hervorgehen!"

Da erinnert der Riss vielleicht an das Frühstück, wo nach einem verletzenden Satz der Teller so in der Spüle gelandet ist, dass er kaputt ging. Der Teller erinnert von nun an immer an das desaströse Frühstück mit dem Streit, aber auch daran, dass man immer noch, trotz des Streites, am gleichen Tisch sitzt. Der Riss kündet nicht nur vom Streit, sondern auch von dem Wunsch, wieder zusammenzufinden, von der Sehnsucht, dass die Verletzung verheilt.

Gott vergoldet meine Risse. Er kümmert sich ganz besonders um meine Risse. Er, der selbst das Licht ist, wagt sich in meine Dunkelheit und lässt sie erstrahlen. Wie er das macht? Indem er, wie der barmherzige Vater, mir immer schon entgegenruft: „Komm ruhig zurück, du brauchst dich nicht zu schämen. Ich liebe dich, du bist doch mein Kind!"

Das Gold meiner Risse – seine Barmherzigkeit. Für ihn bin und bleibe ich wunderschön, einfach nur, weil ich sein Kind bin, weil er gar nicht anders kann, als die Hoffnung nicht aufzugeben, dass ich zu ihm komme. Im Buch Hosea spricht Gott: „Ich kann dir nicht zornig sein, mein Herz hat sich gegen mich gewandt. Denn ich bin Gott und kein Mensch." (Hos 11,8) In Gottes Augen bin ich wunderschön, egal, wie viele Risse ich habe. Es bleibt nur die Frage: Gebe ich mich in seine Hand und lasse mich von ihm vergolden? Lasse ich mir von ihm zeigen, wen er sieht, wenn er mich anschaut?

Welches Gesicht Jesu trägst du?

Im Noviziat gab es eine Zeit, da ging mir alles und jeder auf die Nerven. Nichts wollte so richtig passen. Ständig war ich unzufrieden und kam aus meinem Strudel gar nicht mehr heraus. Es war klar: Da muss etwas passieren, wenn ich nicht möchte, dass der Strudel mich ganz auf den Grund zieht.

Da kam der monatliche Besinnungstag ganz recht. Ein Tag stille Zeit, um mich wieder neu auszurichten und mich darauf zu besinnen, warum ich denn eigentlich hier bin. So beschloss ich morgens, den Tag über einmal zu schauen, welches Gesicht Jesu mir meine Mitnovizinnen zeigen. Wenn ich an die Mitnovizin denke, welche Evangelienstelle kommt mir da in den Sinn? Ich hoffte, so meinen Blick korrigieren zu können, indem ich wieder aufmerksam wurde für die strahlenden Seiten der anderen.

Was mich überraschte war, dass mir gar nicht Evangelienstellen kamen, die von den auf mich eh schon positiv ausstrahlenden Seiten der anderen erzählten, sondern dass das Evangelium mir gerade in den Eigenschaften entgegenkam, die mir mit der anderen schwer machten: Da war die, die mir immer zu träge war. Mit ihr ging mir alles zu langsam. Bei ihr kam mir die Stelle in den Sinn, wo Jesus beim Sturm auf dem See in aller Ruhe sein Nickerchen macht und sich von dem ganzen Trubel überhaupt nicht stören lässt. Oder die, die immer das letzte Wort haben musste und alles besser zu wissen schien. Sie erinnerte mich an den Jesus der Bergpredigt mit seinem „Ich aber sage euch!“. Gerade in dem, was mich eigentlich an der anderen störte, zeigte Jesus mir:

„Die Seite habe ich doch auch und sie hat auch etwas Schönes!“ So wurde ich wieder aufmerksam auf die schönen Seiten dieser mich störenden Eigenschaften: Die „Langsame“ konnte durch ihre Ruhe die erhitzten Gemüter so manches Mal wunderbar herunterkochen lassen und die „Besserwisserin“ zeigte eine Souveränität und Klarheit, die ich mir manchmal wünschte und durch die man in der Regel wusste, woran man bei ihr war.

Abends erzählte ich beim Austausch von meinen Erfahrungen, ohne zu erzählen, bei wem mir welche Stelle in den Sinn kam. Das war mir dann doch zu unangenehm. Später kam allerdings eine zu mir: „Und, was kam dir bei mir?“ Es war die „Besserwisserin“ ... kleinlaut antwortete ich. Sie schaute mich mit großen Augen an: „Das mag ich an mir so überhaupt nicht – und du bringst es mit Jesus in Verbindung!“

Wir sind in Jesus getauft. Er ist in uns gegenwärtig und kommt mir im anderen entgegen. An dieser Realität komme ich nicht vorbei.

Als ich diese Geschichte im Gottesdienst erzählte, fragte eine Frau mich danach: „Und welches Gesicht Jesu tragen Sie?“ Schon während sie die Frage stellte, merkte ich, dass ich die Antwort gar nicht so leicht finde. Da half ein Mann aus, der das Gespräch mitbekam: „Das kann ich Ihnen sagen, mir kam eine Evangelienstelle für Sie als Sie erzählten!“ Heute weiß ich gar nicht mehr, welche Stelle er nannte, aber ich weiß noch, wie es mich berührte, dass er etwas von Jesus in mir entdeckte.

Die Hl. Klara von Assisi schreibt in ihrem vierten Brief an ihre Seelenfreundin Agnes von Prag sogar: „In diesen Spiegel (Christus) schaue täglich und spiegle stets in ihm dein Angesicht, auf dass du dich gänzlich innerlich und äußerlich schmückst und bekleidest und angetan mit bunter Pracht dich mit den Blüten und Gewändern aller Tugenden zierst, wie es sich für eine Tochter und liebe Braut des höchsten Königs gebührt."

Meine Würde als sein Geschöpf ist so groß, dass ich mich in ihm spiegeln darf. Jesus wünscht uns, dass wir ihm immer ähnlicher werden, nicht durch Verdienst und Leistung, sondern dadurch, dass wir ihn als unser Gewand anlegen. Es ist nicht anmaßend, wenn ich mich mit ihm schmücke – ich spiele damit nichts vor, was ich nicht bin, sondern werde immer mehr zu der, als die ich gedacht bin.

Treue im Beten

Schon zu Kindertagen faszinierte mich eine Frau meiner Heimatgemeinde, die immer so ausgeglichen zu sein schien. Sie war bei scheinbar jedem Gottesdienst und wirkte einfach nur zufrieden. Diese schlichte Zufriedenheit zog mich an. Doch wir hatten wenig miteinander zu tun.

Später, als mir der Gottesdienst wichtig wurde, ergab sich hier und da ein Gespräch nach den Werktagsgottesdiensten. Nie lang oder besonders intensiv, aber wir nahmen einander wahr.

Als ich schon einige Jahre nicht mehr dort wohnte, bot ich ein Besinnungswochenende in meiner Heimatgemeinde an. Die besagte Frau meldete sich auch an. Meine erste Reaktion: „Was soll ich ihr denn erzählen? Die Rollen müssten anders herum sein!“ Für mich war sie der Inbegriff einer Person, die ganz aus der Liebe zu Christus lebt. Ich selbst war da eher zaghaft am Suchen.

Das Wochenende kam. Ich war ganz schön nervös, wie das wohl werden würde und habe, gerade im Blick auf sie, noch einiges verändert. Nach einer Gebetszeit bat sie mich um ein Gespräch. Sie vertraute mir an, dass sie schon seit zwanzig Jahren im Beten nichts mehr gespürt habe, es sei so leer gewesen. Und jetzt in der Gebetszeit habe sie plötzlich eine tiefe Gottesnähe erfahren dürfen. Mir fiel, nicht nur innerlich, die Kinnlade herunter: Sie, die immer so zufrieden und glücklich gewirkt hatte? Ohne jedes Gefühl Jahr um Jahr, Woche um Woche und Tag um Tag dennoch weitergebetet, ohne bitter zu werden? Ich hatte gerade eine

Zeit der Trockenheit hinter mir – und schon das halbe Jahr war mir wie eine Zerreißprobe erschienen.

Da sich meine Überraschung ohnehin nicht verbergen ließ, sprach ich sie darauf an. Ihre schlichte Antwort: „Obwohl ich nichts gefühlt habe, wusste ich einfach, dass ich beim Beten bei ihm bin und das ist doch auch ohne Gefühl immer noch viel besser, als ohne ihn zu sein."

Beten, sich Bei-ihm-Wissen, ohne jedes Gefühl – dieses Verständnis des Betens ist mir bis heute wichtig. Es geht nicht primär um mein Gefühl, sondern darum, dass ich mir seiner Gegenwart und Nähe bewusst werde. Ich muss nichts leisten, nicht einmal ein Wohlgefühl. Einfach nur vor ihm sein. Und wenn ich das suche, und kein diffuses Wohlgefühl, dann werde ich auch nicht bitter, wenn das Gefühl einmal ausbleibt.

Bis heute schreiben wir uns, wenigstens zu Weihnachten und Ostern, Briefe. Kein Brief ohne Dank für das neu erwachte Gefühl beim Beten. Sie freut sich daran und man merkt ihr an, dass das für sie bis heute nicht selbstverständlich ist. Und genauso nehme ich das Beispiel ihrer Treue im Glauben nicht als selbstverständlich hin, sondern bin dankbar für diese Erfahrung, die mir so viel Kraft und Mut schenkt, wenn es bei mir einmal trocken wird oder ich mich dabei erwische, dass ich vor allem ein gutes Gefühl und nicht Gott suche.

Marzipan und Glasnudeln

Die Päckchen meiner Mutter sind immer eine wahre Überraschung: Einmal waren zwei Tüten mit Glasnudeln drin. Im Brief stand: „Die Glasnudeln sind Verpackungsmaterial!“ Mir schwante etwas. Und tatsächlich: Seit zwei Jahren abgelaufen ... Aber bei Glasnudeln ja gar kein Problem, was soll da schon passieren? Und so waren sie das Highlight im Urlaub die Woche drauf. Dann lagen im Weihnachtspäckchen drei Tütchen mit Marzipanbroten oben drauf. Als ich meine Mutter anrief, um mich zu bedanken, meinte sie: „Die Marzipanbrote habe ich nur reingetan, damit das Päckchen gut gefüllt ist. Aber irgendeine Mitschwester mag sie bestimmt.“ „Mama, ich liebe Marzipan – und habe diesen Winter noch gar keins gehabt! Die genieße ich selbst!“

Zwei kleine Situationen voll göttlicher Logik: Das Kleine, als verzichtbar Erlebte wird zum ganz Großen. Zwei Situationen, die mich ein wenig verstehen lassen, was Jesus meinte, als er sagte: „Die Letzten werden die Ersten sein!“ (Mt 20,16) oder wenn er die große Kraft des kleinen Senfkornes betont.

So schnell forme ich meine Meinung, was ich wertvoll finde und was mir unnötig erscheint. Die Situationen mit meiner Mutter zeigen mir, wie falsch ich damit liegen kann. „Die Letzten werden die Ersten sein“ – für mich zunächst nicht eine Vertröstung für die Letzten oder eine Warnung vor Überheblichkeit für die Ersten, sondern vor allem die Ermutigung, nicht voreilig etwas für „Letztes“ zu halten. Der Satz ermutigt mich, das Potenzial im vermeintlich Letzten zu entdecken.

Ich erahne, dass Gott so auf mein Leben schaut. Mein Letztes, Kleines, Unwichtiges stempelt er nicht als unnötig oder störend ab. Er sieht, welche Schönheit auch daraus hervorgehen kann. Er entdeckt auch im Letzten das Erste. Er sieht eben nicht das kleine Senfkorn, sondern den großen Baum, der in ihm angelegt ist.

Wie würde sich mein Blick auf das Leben verändern, wenn ich nicht nur auf die Gegenwart schauen würde, sondern so manches Mal auch auf das noch nicht gelebte Potenzial, das in ihr steckt? Wenn ich in meinem Gegenüber nicht die störende Langsamkeit sehe, sondern die Anlage zur ruhegebenden Heimat, nicht die Unsicherheit, sondern die Bedächtigkeit, die sich daraus entwickeln kann? Und was, wenn ich so auf mein Leben schauen würde? Wenn ich der noch nicht freigelegten Verheißung in mir trauen würde? Ich hoffe auf noch viele solcher Päckchen meiner Eltern, um mich immer wieder daran zu erinnern: In Gottes Logik ist das Letzte auch schon mal das Erste.

Als ich diesen Text geschrieben hatte, schickte ich ihn meiner Mutter. Sie freute sich über meinen Dank. Aber was erwartete mich im nächsten Weihnachtspaket? Eine Dose Mais! Was ich mit der anfangen soll, weiß ich bis heute nicht. Mit Gottes Logik ist es ja oft ähnlich, dass ich sie so manches Mal lange nicht verstehe und mit einem Fragezeichen zurückbleibe. Manchmal verstehe ich ihn einfach nicht: Was soll das jetzt bedeuten? Wie soll das jetzt weitergehen? Oft durfte ich schon erleben, dass seine Logik sich mir irgendwann doch entfaltet hat und ich staunend entdeckte, wie fürsorglich er mich umgeben hatte. Und wer weiß, vielleicht ist irgendwann ja der richtige Moment für die Dose Mais gekommen und ich staune, wie sinnvoll sie sich gerade zeigt?

Im Noviziat war der alltägliche Bezugsrahmen noch klar, eben die anderen Mitnovizinnen, mit denen man den Alltag teilte, mit allen Höhen und Tiefen. Nach dem Noviziat wurde das schon unklarer: Mit wem verstehe ich mich denn gut? Mit wem möchte ich die Beziehung intensivieren?

Gar nicht so leicht, diese Herausforderung, sich neu zurechtzufinden. Gleichzeitig ein großes Bedürfnis nach Austausch bei all den neuen Erfahrungen zurück im Beruf.

Oft kam ich erst abends nach dem Abendessen wieder und lechzte nach einem kurzen Gespräch, einem kurzen Austausch über das, was mich den Tag über bewegt hat. Wir haben eine Teeküche, wo man eigentlich immer eine Mitschwester antrifft. Wie oft kam ich in die Teeküche und dachte: „Hm, habt ihr wirklich die gemeinsame Ebene, um über diese Erlebnisse zu reden? Versteht ihr euch gut genug? Kann das gelingen? Ist dir die andere nicht zu fremd? Nervst du sie nicht eher mit deinen Erfahrungen?"

Und dann, jedes Mal aufs Neue, die Erfahrung, wenn ich mich auf ein Gespräch eingelassen habe: Die andere ist mir ja gar nicht so fremd, wie ich dachte! Wir haben doch eine Ebene, auf der wir uns verstehen und uns nahekommen können.

Ich muss gestehen, von meinem Wesen her gehe ich in Beziehungen sehr von Sympathie und Sicherheit aus: Eine Beziehung gehe ich da ein, wo es einfach von Anfang an „passt" und mein Gegenüber mich das auch deutlich spüren lässt. Da fühle ich mich sicher. Unsicher werde ich immer dann, wenn ich nicht weiß, woran ich beim anderen bin und mich riskieren muss.

Die Erfahrungen im Teeküchle locken etwas anderes in mir hervor: Was ist es für ein Geschenk, die andere kennenzulernen, sich gegenseitig zu entdecken! Welche eine Weite das bringt! Ein neuer Satz, nach dem ich versuche mich zu richten: „Wen ich nicht mag, den kenne ich noch nicht genug!"

Im Psalm 139 heißt es: „Gott, du hast mich erforscht und kennst mich. Ob ich sitze oder stehe, du kennst es." Wenn ich kein Interesse an der anderen habe, aus welchem Grund auch immer, erinnere ich mich daran, dass Gott sich für mich interessiert, mich erforscht, auch wenn ich mich verstecke. Seine Liebe lässt sich nicht abschrecken. Und je mehr ich seinen staunenden Blick auf mir spüre, desto größer wird auch wieder das Interesse an meinem Gegenüber.

„Ist doch einfach: Jesus wusste, wo der nächste Aldi ist!“

Mit dreien meiner Cousins sprach ich über das Wunder der Brotvermehrung: „Was meint ihr denn, habt ihr eine Idee, wie Jesus das gemacht hat?“

Der Jüngste, mit sechs Jahren, meinte: „Jesus ist doch Gott. Dann kann er auch genug Essen machen!“

Der Mittlere mit acht Jahren: „Keine Ahnung. Aber Hauptsache alle sind satt geworden!“ Die Antwort des Ältesten, zehn Jahre alt: „Jesus wusste wohl, wo der nächste Aldi ist!“

„Aber dann ist das doch kein Wunder, oder?“

„Na klar ist das ein Wunder, wenn sonst keiner wusste, wo es was gibt!“

Was für tolle Antworten! Der Kleine hat mir beigebracht, doch einmal das Denken zu lassen, und schlicht darauf zu vertrauen, dass er kann, was es braucht. Der Mittlere hat mich daran erinnert auf das Wichtige und nicht auf das Unwichtige zu schauen. Und der Älteste hat mir gezeigt, dass ich mein Wunderverständnis nicht zu hochhängen, sondern neu über die Wunder des Alltags staunen sollte.

In der Bibel heißt es: „Wenn ihr nicht umkehrt und werdet wie die Kinder, werdet ihr nicht in das Himmelreich hineinkommen.“ (Mt 18,3) Wie schnell lasse ich mein Gehirn sprechen und übergehe die Einfachheit des Herzens, die mich doch viel mehr Himmelreich erleben ließe ... Wie gut tut doch die vertrauensvolle kindliche Naivität, um die Größe von Gottes Liebe zu erahnen. Nicht einmal mit unserem Verstand können wir seine Fürsorge verstehen, weil sie die Grenzen unserer Logik völlig sprengt. Es ist vielmehr unser kindliches Herz, das sein Wesen erahnt. Unser kindliches Herz, das noch vom Geborgensein bei Gott durchströmt ist. Das noch spürt, dass es von ihm versorgt und genährt wird und noch nicht glaubt, für alles selbst sorgen zu müssen.

„Jesus ist doch Gott. Dann kann er das auch." Die drei haben mir neu gezeigt, wie ein kindliches Herz hilft, dem Geheimnis Gottes näherzukommen. Wenn ich einmal wieder zu sehr über etwas grüble, dann hoffe ich, dass ein Kind in meiner Nähe ist, das mich wieder zur Einfachheit des Herzens zurückführt. Und auf lange Sicht wäre es doch schön, mich von Gott wieder mehr in mein kindliches Herz zurückführen zu lassen.

Das herausfordernde Bild vom barmherzigen Vater

Wie würdest du deinen Vater beschreiben? Welches Bild erscheint dir als erstes vor deinen Augen? Welche Begebenheiten haben sich dir eingeprägt? Welches Gefühl stellt sich bei dir ein, wenn du an deinen Vater denkst? Wie hat dein Vater dich geprägt?

Jeder von uns wüsste nun wahrscheinlich Unterschiedlichstes zu berichten und die Erfahrungen reichen unter Umständen von einer übergroßen Dankbarkeit und Freude über Schwierigkeiten bis zu Verachtung und Hass. Die einen werden in Frieden mit ihrem Vater sein und gute Erinnerungen haben, andere tragen vielleicht schon sehr lange tiefgehende Verletzungen mit sich.

Jesus spricht viel von Gott als Vater und fordert uns sogar auf, ihn unseren Vater zu nennen. Ganz schön riskant, bei all den unterschiedlichen Vaterbildern, die in uns angesprochen werden. Doch das scheint Jesus auch bewusst gewesen zu sein und so schenkt er uns im Evangelium eine Beispielgeschichte, die uns zeigen soll: Von so einem Vater spreche ich, wenn ich Vater sage. Die Rede ist vom Gleichnis vom barmherzigen Vater: Der Sohn verlangt, all sein Erbe ausgezahlt zu bekommen. Er zieht hinaus in die Welt und verprasst alles. Als vom Erbe nichts mehr übrig ist, er weder eine Bleibe, noch Geld für Nahrung hat, da besinnt er sich zurück auf sein Leben bei seinem Vater und realisiert, dass es ihm dort gar nicht so schlecht ergangen ist. Der Sohn dreht um – innerlich wie äußerlich –, um sich bei seinem Vater zu entschuldigen und ihn zu bitten, für ihn als Tagelöhner arbeiten zu dürfen. Der Vater, statt dem Sohn Vorhaltungen zu machen, rennt ihm voll Freude entgegen, schließt ihn in seine Arme und sorgt dafür, dass ein Freudenfest gefeiert wird. So ein Vater ist unser Gott für uns, einer, der verzeiht, der uns entgegenkommt, der sich über unser Zurückkommen freut. Ein Vater, der immer auf uns wartet, egal, was auch kommen mag. Unser Gottesbild hängt zutiefst mit den Erfahrungen zusammen, die wir mit unseren Eltern gemacht haben. Ob wir wollen oder nicht, prägt uns, wie wir bei unseren Eltern Beziehung erlebt haben und das wird sich so auch in unsere Vorstellungen von Gott mischen. Sei es, dass wir uns Gott vorstellen wie Eltern, die noch mehr lieben, als wir es schon bei unseren leiblichen Eltern erlebt haben, sei es, dass es uns schwerfällt, Gott zu trauen und uns lieben zu lassen, weil das schon bei unseren Eltern ein schwieriges Thema war. Wir können uns Gott nur schwer vorstellen, und so greifen wir zurück auf die, die in unserer Kindheit auf uns wie allmächtig wirkten.

Doch heißt das nun, dass wir dem ausgeliefert sind? Gar nicht wirklich frei sind für Gott, so wie er uns in Wahrheit gegenübertreten möchte? Gott sei Dank: Nein! Der heilige Franziskus ist mir ein wahres Vorbild, wie es gelingen kann, frei zu werden von den eigenen Bildern und eine tiefe Bindung zum himmlischen Vater aufzubauen, auch wenn die zum leiblichen Vater schwierig ist.

Der heilige Franziskus hatte sich mit seinem Vater ordentlich zerstritten, da sein Vater ihm vorwarf, sein Geld ungerechtfertigt für Arme auszugeben. Er wollte, dass Franziskus alles zurückgibt, nach Hause zurückkehrt und damit aufhört, das Leben eines Bettlers zu führen. Als Franziskus sich weigert, zeigt ihn der Vater sogar an und es kommt zu einem Gerichtsverfahren. Auch da gelingt es beiden nicht, neu aufeinander zuzugehen. Die unterschiedlichen Vorstellungen scheinen miteinander unvereinbar. Und es kommt zu der dramatischen Szene, in der Franziskus sogar seine Kleider auszieht und dem Vater hinwirft, um alles loszuwerden, was er noch von ihm hat, und die deutlichen Worte spricht: „Von nun an will ich sagen: ‚Vater unser, der du bist im Himmel', nicht mehr Vater Pietro di Bernardone." Damit ist sein Kampf mit seinem Vater aber noch nicht vorbei. Egal ist ihm diese zerbrochene Beziehung nicht. Er stellt sich einen Mann an die Seite, der ihn immer dann segnet, wenn sein Vater ihn verflucht. Gegen das herunterziehende Wort des leiblichen Vaters stellt er den Vater im Himmel, der gut über ihn spricht. Und so gelangt Franziskus mit der Zeit zu einer solchen Liebe zum himmlischen Vater, die es ihm möglich macht, sich ihm ganz und gar anzuvertrauen. Weil er sich ganz bewusst macht: Wie handelt denn Gott an mir, wie denkt er über mich? Welches Wort hat er denn für mich, gerade in den schwierigen Situationen des Lebens?

Wir brauchen Bilder von Gott und Namen für ihn. Sonst fällt es uns schwer, sein Wesen zu verstehen. Und doch bergen all diese Bilder und Namen die Gefahr in sich, dass wir zu sehr an unseren Erfahrungen hängenbleiben, uns von unserem Bild von Gott und nicht von Gott selbst prägen lassen. Auch die positiven Erfahrungen können unser Bild einengen, wenn wir nicht mehr erkennen, dass Gott eben noch viel, viel mehr ist als der liebevolle Vater, den wir erleben durften. Dass Gott uns unterschiedliche Namen für sich schenkt, hilft uns, ihn überhaupt ansprechen zu können. Aber bleiben wir offen für ihn, der alle Namen sprengt. Klammern wir uns nicht an einen Namen. Seien wir stattdessen aufmerksam dafür, wie er sich uns zeigt, wie er an uns handelt, wie er seine Liebesgeschichte mit uns schreibt.

Abgestempelt? Angeschaut!

Ich steige in den Zug. Brechend voll, heiß, die Klimaanlage funktioniert nicht. Nur noch ein Platz in einem recht vollen Abteil: Mutter, Vater, zwei kleine Kinder, die laut quasselnd mit ihren Tablets spielen. Der Tisch ist voll mit Fast-Food-Resten. Zu der Hitze kommt also der abgestandene Essensgeruch. Na, großartig! Das wird eine richtig tolle Fahrt! Meine Laune sinkt rapide. Mein Urteil ist gefällt, ohne dass ich zwei Sätze mit der Familie gesprochen habe. Schnell die Kopfhörer rein, um den Lärm auszuschalten. Ich bekomme dennoch mit: Sie haben das gleiche Ziel wie ich und wir haben noch dreieinhalb Stunden vor uns. Jetzt kommt es drauf an: Mich weiter in mein Urteil und meine miese Laune hineinsteigern oder der Situation eine Chance geben und aus meinem Urteil aussteigen. Was bringt es uns, wenn wir uns in unseren Missmut hineinsteigern?

Wie schnell fälle ich selbst ein Urteil über andere: „Das hätte sie auch anders sagen können!", „Der verhält sich falsch!" ...

Mein Urteilen fängt schon da an, wo ich den anderen einsortiere in „sympathisch" und „unsympathisch", in „mit der kann ich, mit dem kann ich nicht".

Im Evangelium wird auch Jesus abgestempelt: Wir kennen doch seine Familie – wie soll er dann jemand besonderes sein?! Die Menschen lehnen ihn ab, Jesus kann keine Wunder tun und er zieht weiter, lehrt und heilt woanders. Das Evangelium zeigt, dass ich mit meinem Urteilen nicht nur dem anderen, sondern letztlich auch mir selbst schade: Das Urteilen über Jesus nimmt den Menschen die Möglichkeit der Heilung. Jesus zieht sich demütig zurück. Die Freiheit des Menschen, sogar die Freiheit zum Bösen, achtet Gott. Er respektiert unsere Verantwortung. Was für eine Liebe, die das aushält ...!

Wie kann ich aussteigen aus dem ständigen Urteilen, wo mein Urteil doch oft so viel schneller ist als mein Denken? Zunächst: Worüber ich bei anderen urteile, darüber urteile ich meist bei mir selbst auch – was mich an meinem Gegenüber stört, trage ich meist auch in mir. Wenn ich bereit bin, mich im anderen wiederzuentdecken, relativiert sich mein Urteil. Dann: Was ich an Urteilen säe, das werde ich zumeist auch ernten. Wenn ich urteilend durch die Welt gehe, muss ich mich nicht wundern, wenn ich bei anderen vermute, dass sie auch über mich urteilen. Letztlich kann ich meine Gedanken umdrehen: Ich kann nicht ändern, dass ein Urteil kommt, aber ich kann es drehen, kann es freigeben und so den anderen neu entdecken. Über wen ich urteile, den kenne ich noch nicht gut. Also lerne ich ihn doch besser kennen!

Ich habe letztens von jemandem gehört, der einen Einkaufschip mit dem Aufdruck „Unendlich geliebt" in der Hosentasche trägt. Wenn er anfängt, über andere zu urteilen, greift er nach dem Chip und macht sich damit klar: Diese Person ist unendlich von Gott geliebt und ich auch – lass uns einander doch auch so begegnen!

Säe ich statt Urteilen Liebe, dann ernte meist ich auch Liebe: Im Zug entschied ich mich, noch einmal neu zu beginnen. Warum soll es nicht doch nett mit den Vieren werden? Also, Ohrstöpsel raus! Es entwickelte sich ein schönes Gespräch. Die Kleine wollte mir sogar einen Cracker schenken, die Tüte war jedoch leer. Sie war ganz enttäuscht. Als sie später ihre Schuhe anzog, entdeckte sie noch einen im Schuh und ganz stolz hielt sie ihn mir entgegen: „Für dich!“

Entscheiden wir uns, anderen Menschen mit Liebe und Vertrauen zu begegnen – der beste Weg, auch selbst Heil und Heilung zu erfahren! Wie hätte die Zugfahrt wohl geendet, wäre ich bei meiner miesen Laune geblieben? Ich hätte grummelig vor mich hingeschaut und sicherlich irgendwann auch ähnliche Blicke von der Familie bekommen. Gefrustet und genervt wäre ich aus dem Zug gestiegen und hätte meiner Mitschwester im Auto wahrscheinlich als Erstes erzählt, wie blöd es im Zug war – dabei hatte ich doch so viel von einer tollen Tagung zu berichten ... Mit der kleinen Drehung in meiner Einstellung konnte ich gelassen aussteigen und hatte nicht nur von der Tagung, sondern auch von dem „Für dich!“ des kleinen Mädchens zu berichten und konnte so Liebe statt Frust weitergeben.

„Glauben Sie eigentlich an Wunder?“

„Also, dass Gott wirklich Wunder wirkt, in ihrem Leben? So ganz konkret?“ Das fragte mich eine Frau bei einer Klosterführung. Durch ihr „ganz konkret“ war klar: Das braucht jetzt ein Bekenntnis, ein Bekenntnis meiner persönlichen Wundergeschichte.

Ich erzählte von einer obdachlosen Frau, auf die ich Wien getroffen war, beim Wechsel der U-Bahn. Ich stand auf dem Absatz der Rolltreppe, da ergriff von rechts jemand meine Hand und hielt sie fest. Ich drehte mich um und schaute einer offensichtlich obdachlosen Frau ins Gesicht. Als mein Blick sie traf, sagte sie: „Alles ist gut!“ Kraftvoll und überzeugend. Und schon war die Begegnung vorbei, die Rolltreppe fuhr stetig hoch. Aus dem Augenwinkel sah ich, wie sie das jedem Menschen sagte, den sie erreichen konnte. Für mich ein Wunder: Diese Frau, bei der so augenscheinlich nicht alles gut ist, kann „Alles ist gut!“ sagen – und diese Botschaft auch noch weitergeben. Und ich, bei der doch eigentlich wirklich alles gut ist, halte ständig Ausschau nach dem Haar in der Suppe.

Oder die Frau, die mir erzählte, dass sie, als sie neun Jahre alt war, vor dem Einschlafen einmal den Eindruck hatte, sie sieht Maria mit Jesus auf dem Schoß kuschelnd vor sich. Josef schützend im Hintergrund. Das Kind lebte in schrecklichen familiären Bedingungen, aber dieses Bild tat ihr so gut, dass sie sich von da an jeden Abend das Bild vor Augen holte, sich selbst auf den Schoß dazu setzte, zusammen mit Jesus, an Maria herangekuschelt. Da hatte sie Familie, konnte Geborgenheit erfahren. Sie sagte, diese heilsame Vorstellung, diese Stunden auf Marias Schoß, haben sie jahrelang gerettet und ihr Hoffnung und Halt gegeben, die Wärme, die sie brauchte, um überleben zu können.

„Und bei Ihnen, in Ihrem Leben?“, fragte die Frau. Das größte Wunder ist für mich, immer wieder dem Guten zu trauen, wenn ich eine schlechte Erfahrung mache, wieder aufzustehen, wenn ich enttäuscht werde und der Liebe eine Chance zu geben. Die Freude, die Liebe siegen lassen – wenn mir das gelingt, ist das für mich wirklich ein Wunder. Da spüre ich Gott am Werk. Ich selbst bin schließlich in solchen Momenten weit weg von Liebe und Freude. Wenn ich sauer, wütend und verletzt bin, nicht wegzurennen, sondern auf die andere neu zugehen zu können. Das kommt sicher von Gott. Von seiner Liebe zu mir. Und für mich ist es auch ein Wunder zu sehen, wie Gott gerade aus den eigenen Schattenseiten etwas Wunderbares machen kann: Dass meine eigene Ängstlichkeit z.B. zu einer Quelle von Verständnis für den anderen werden kann.

Im Psalm 139 heißt es „Ich danke dir, dass ich so staunenswert und wunderbar gestaltet bin. Ich weiß es genau: Wunderbar sind deine Werke.“ Die Frau hat mich mit ihrem hartnäckigen Fragen neu darauf aufmerksam gemacht, welche Wunder Gott an mir vollbringt und welch zahlreiche Wunder mich umgeben. Erzählen wir uns doch die Wunder, die uns begegnen, und erleben wir neu, wie wunderbar unser Leben ist, wenn wir nur mit diesem Blick auch darauf schauen. Je genauer ich schaue desto stärker spüre ich dann, dass eigentlich jeder Atemzug, jedes Wachwerden am Morgen, all unsere Sinne ein Wunder sind, das von Gott erzählt.

In bester Gesellschaft

Ich muss so ungefähr fünf Jahre alt gewesen sein, da kamen Kosovo-Albaner zu uns ins Dorf, geflohen, mit so gut wie nichts. Meine Eltern kamen mit ihnen in Kontakt. Die Kinder waren im gleichen Alter wie meine Schwester und ich. Wir gingen sie besuchen, unsere Hände voll mit Dingen für die Familie: Spielzeug, Kleidung, Nahrung. All das, was sie brauchen könnten. Sie hatten uns erwartet, der Tisch für uns gefühlt überfüllt mit kleinen Süßigkeiten und Tee. Sie luden uns ein, bedienten uns. Was war denn hier los? Sie haben doch nichts, deshalb bringen wir ihnen doch so viel mit und haben selbst aussortiert, um einiges Spielzeug hatte es sogar kurzen Streit gegeben. Und dann haben sie Süßes für uns? So viel Süßes hatte bei uns noch nie auf dem Tisch gestanden! Mich hat das fasziniert. So hätte ich nicht gehandelt. (Wie oft habe ich „meine" Süßigkeiten vor meiner Schwester in Sicherheit gebracht ...) Dieses Bild einer Überfülle an Großzügigkeit, das trage ich heute noch in mir, kann heute noch die Düfte riechen und das süße Gebäck in meinem Mund schmecken.

Mit Gott am Tisch sitzen

In der Bibel hören wir immer wieder von Szenen, wo Gott mit Menschen am Tisch sitzt. Die drei Männer bei den Eichen von Mamre, die Abraham als Gott erkennt. Er lädt sie ein, Platz zu nehmen, Sara bereitet das Essen. Oder die Schwestern Maria und Marta. Jesus ist bei ihnen zu Gast. Maria sitzt bei ihm, lauscht seinen Worten. Marta arbeitet und arbeitet, um eine gute Gastgeberin zu sein – und beschwert sich bei Jesus, dass sie die ganze Arbeit tun muss und Maria nichts tut: „Marta, Marta, du machst dir viele Sorgen und Mühen. Aber nur eines ist notwendig. Maria hat den guten Teil gewählt, der wird ihr nicht genommen werden." (Lk 10,41f) Oder Jesus, der mit Zöllnern und Sündern am Tisch sitzt oder nach seiner Auferstehung den Jüngern ein Frühstück bereitet am See von Tiberias oder auch das Brotteilen mit den Emmausjüngern. Den ganz normalen Alltag möchte Gott mit uns teilen. Mit uns am Tisch sitzen.

Auch in der Betriebsamkeit einer Marta zeigt sich Liebe und Wertschätzung. Wenn ich meine Oma besuche, dann ist der Tisch reich gedeckt und sie läuft und läuft, um noch dieses und jenes zu holen. Sie möchte einfach, dass es mir gut geht und ich alles habe. Doch eines fehlt dann: Sie! Das Notwendige, das ist schließlich, dass wir Zeit zusammen haben. Die dritte Marmelade ist zwar Ausdruck tiefer Liebe, aber noch viel lieber sitze ich mit ihr gemeinsam am Tisch.

Wieder einmal zusammen essen

Tischgemeinschaft mit Gott. Im alltäglichen Miteinander-Essen kann mir Gott begegnen. Wenn ich mir bewusst mache, dass Gott mit mir am Tisch sitzt, dass Gott mir in meinen Mitmenschen begegnet, dann springe ich nicht hin und her, sondern nehme mir Zeit für den anderen. Nehme ich mir das doch einmal vor: Bei den Mahlzeiten mache mich mir bewusst, dass Gott mit am Tisch sitzt. Und: Das geht auch wenn ich allein bin, mit meinem Coffee-to-go-Becher im Auto oder dem Döner vor dem Fernseher. Auch da ist Gott dabei. Am schönsten ist es dann aber doch mit anderen Menschen zusammen. Eigentlich gibt es doch immer eine gute Gelegenheit, die Nachbarn einzuladen, mit

Freunden zu grillen, Gastfreundschaft zu schenken und reich vom anderen beschenkt zu werden, denn: „Was ihr einem meiner Geringsten getan habt, das habt ihr mir getan.“ Ich bin fest davon überzeugt: Als ich mit fünf Jahren mit der kosovo-albanischen Familie zusammensaß, da saß Gott mit am Tisch und freute sich mit uns.

Fünf vor Zwölf!

Alle Jahre wieder kommt der Advent. Alle Jahre wieder Weihnachtsgeschenke einkaufen, das Haus entsprechend dekorieren, Weihnachtsessen und Besuche planen und besinnlich sollte es schon auch ein wenig zugehen. Häufig artet die Besinnlichkeit in Stress aus. Allein alle Feiern unter einen Hut zu bekommen, verlangt oft eine gute Planung. Manches Mal kommt das Eigentliche dann zu kurz.

Aber – was ist es denn, das Eigentliche, auf das wir während der vier Wochen des Advents warten? Klar, die Geburt Jesu. Aber warum jedes Mal neu darauf warten, dass Gott Mensch wird? Er ist es doch schließlich schon geworden. Jesus ist da. Schon jetzt. Nicht erst am 24.12. Warum sich dann die vier Wochen neu darauf vorbereiten? Die Botschaft ist doch bekannt …

Geht es nur darum, dass die Dekorationen länger hängen können und man die gemütliche Stimmung länger genießen kann oder hat diese Zeit der Vorbereitung auch an sich eine Bedeutung?

Für mich ist es mit dem Advent wie mit der Uhr, die bei uns im Kloster am Torhaus hängt. Die Uhr zeigt fünf vor zwölf. Immer. Wenn ich morgens von meinem Spaziergang zurückkomme und auf die Uhr schaue, dann stellt sie mir jeden Tag neu folgende Frage: Wo ist es heute fünf vor zwölf? Worauf kommt es heute wirklich an? Wie gilt es heute Gottes Botschaft zu leben?

Der Advent sagt uns Ähnliches: Mach deine Augen auf! Unser Gott wird Mensch, so sehr liebt er uns! Er macht uns das größte Geschenk, das er uns machen kann: Sich selbst!

Er schaut nicht von oben herab, sondern möchte uns wirklich begegnen, uns entdecken und kennen.

Und dieses Geschenk ist so groß, dass ich es kaum begreifen kann. Da braucht es den Advent als eine Zeit, um neu aufmerksam zu werden, damit ich Gott nicht übersehe. Da braucht es neu eine Zeit in der es ruhiger zugeht, damit ich innehalten und spüren kann, dass Gott bei mir ist und mit mir durchs Leben geht.

Mir reicht die Uhr bei uns über dem Torhaus nicht aus. Ich muss an dieses Geschenk öfter erinnert werden. Nicht nur in den Gebetszeiten, sondern immer wieder im Alltag. Und so hängt in meinem Zimmer eine Uhr auf der steht: „Ich habe Zeit für dich." – Gott.

Gott hat Zeit für mich und kommt voll Freude zu mir. Er ist bei mir. Schon jetzt. Habe ich Zeit für ihn, gehe ich ihm entgegen? Erwarte ich ihn? Neu wachsam werden für seine Gegenwart – dazu ruft die Uhr uns auf, sowie auch die Zeit des Advents.

Wach auf, meine Seele

Aus den Sorgen des Alltags
aus dem Kreisen der Gedanken
aus dem Verharren in der Vergangenheit
wach auf meine Seele

Wach auf meine Seele
aus dem Schlaf der Bequemlichkeit,
aus der Lähmung der Resignation
aus der Kälte und Dunkelheit der Nacht

Wach auf meine Seele,
öffne deine Augen für einen neuen Blick auf den Tag
öffne meinen Mund für Worte der Hoffnung
öffne mein Herz für seine Gegenwart

Wach auf meine Seele
lass dich wecken von seiner Liebe
dich führen in das Land seiner Treue und Hoffnung
dich leiten von seinem „Ja“ zu dir

Wach auf, meine Seele

Unverzeihlich!?

Anderen zu vergeben, wenn sie mir schwere Verletzungen zugefügt haben, das scheint oft unmöglich, übermenschlich und ungerecht. Vor allem dann, wenn der andere nicht um Vergebung bittet oder nicht mehr um Vergebung bitten kann. Wo bleibe ich denn mit der mir zustehenden Gerechtigkeit, wenn ich einfach so vergebe? Tue ich dann nicht so, als wäre alles halb so schlimm? Bleibe ich dann nicht auf der nötigen Wiedergutmachung sitzen? Beschneide ich mich nicht meiner Würde? Tut es mir wirklich gut, wenn ich vergebe?

Gleichzeitig merke ich häufig, dass auch das Nicht-vergeben-Können eben nicht guttut. Der Groll, die Verletzungen machen sich an mir fest wie Fesseln, die mich daran hindern, unbeschwert meinen Weg zu gehen. Die Last der Verletzung trage ich mit mir. Mich davon zu befreien, würde mein Leben leichter machen. Befreit wäre ich vom Gefühl des Opfer-Seins und könnte die schwierigen Ereignisse aus dem Fokus rücken, sodass wieder Platz für Schönes wäre.

Wie kann das gelingen? Zunächst, denke ich, braucht es die Zeit, die Verletzung wahrzunehmen und sie auch zu verschmerzen. Ich muss ernst nehmen, was mir angetan wurde und wo meine Würde verletzt wurde. Nur eine wahrgenommene Kränkung kann ich auch vergeben. Nicht wahrgenommene Kränkungen wuchern im Untergrund. Irgendwann erkenne ich dann nicht einmal mehr, dass ich aus einer alten Verletzung heraus anders reagiere, als ich eigentlich handeln möchte. Die Kunst ist es, nicht in der Verletzung zu verharren, sondern weiterzugehen. Leichter als einfach loszulassen, ist es da häufig, die Verletzung Gott anzuvertrauen.

Jesus Christus kennt es, verletzt und verschmäht zu werden. Und es machte ihm auch etwas aus: „Lass den Kelch an mir vorübergehen!“, „Warum hast du mich verlassen?“ Aber, das letzte Wort hatte nicht die Verletzung, sondern das Wissen um Gottes liebenden Blick. Und das kann auch mir helfen im Umgang mit meinen Verletzungen. Ich darf ihm meine Kränkungen hinhalten, mich trösten lassen.

Eine große Quelle der Erleichterung, wenn ich jemandem noch nicht vergeben kann: Gott kann es. Wo mein Blick noch nicht an die Barmherzigkeit herankommt, kann ich darauf vertrauen, dass Gott schon barmherzig auf die Person schaut. Dass die andere Vergebung erfährt, ist nicht abhängig von meiner Vergebungsfähigkeit. In Gott habe ich schon jemanden an meiner Seite, der mir zeigt, dass Vergebung möglich ist. Ich muss nicht aus mir heraus vergeben, sondern kann in seinen vergebenden Blick einschwingen.

Vergebung ist keine moralische Leistung, die mir meinen Willen bricht, sondern ein Einschwingen in die Liebe des himmlischen Vaters. Sein liebender Blick, der mich ermutigt, dass mein Blick auf meine Mitmenschen sich immer mehr aus seinem Blick speist. Und so lösen sich meine Fesseln und beschwingt kann es weitergehen.

Expecto Patronum!

„Expecto Patronum!" (zu Deutsch: „Ich erwarte meinen Schutzherrn!") ist mein Lieblingszauberspruch aus Harry Potter. Der Zauberspruch schützt vor bedrohlichen Angreifern. Er funktioniert auf der Basis glücklicher Erinnerungen: je glücklicher die Erinnerung, desto wirksamer der Patronus. Nur bei besonders glücklichen Erinnerungen entspringt dem Zauberstab eine sichtbare Gestalt, der Patronus, die erfolgreich den Angreifer abwehren kann.

Mir verrät dieser Zauberspruch auch vieles über das geistliche Leben: Zum einen zeigt er, dass wir in Situationen, in denen wir angegriffen werden, nicht auf uns allein gestellt sind. Ich darf mir Hilfe erbitten. Öffne ich mich für Gottes Hilfe oder ergebe ich mich dunklen Situationen? Erwarte ich Gottes Hilfe?

Dann zeigt Gott mir auch: Um Beistand bitten und auf Beistand vertrauen, das kann ich besonders dann, wenn ich mir Situationen vor Augen führe, die zutiefst beglückend waren, weil ich mich beschützt und geliebt wusste. Frohe Erinnerungen mobilisieren meine Widerstandsenergien gegen alle möglichen Dämonen. Der Zweifel, den sie säen, gelangt so nicht bis in mein Herz.

Was mich darüber hinaus fasziniert, ist, dass der Patronus besonders dann wirksam ist, wenn er eine persönliche Gestalt annimmt. Ein unpräzises Glücksgefühl mag mich ein wenig vor Negativem schützen. Wirklich beschützt und geliebt weiß ich mich jedoch nur von einem persönlichen Gegenüber.

Bei Harry Potter hat der Patronus immer die gleiche Gestalt. In meinem Leben sieht das anders aus. Da sind zum einen ganz konkrete Menschen aus meinem Umfeld, mit denen ich wunderbare Momente erleben darf, die mir aus schwierigen Situationen heraushelfen. Dann sind da die Heiligen – je nach Situation ist mir ein anderer Heiliger bedeutend: die Hl. Theresa von Ávila, wenn es mir als Frau in der Kirche schwer wird; der Hl. Philipp Neri, wenn ich nach Humor suche, um eine Situation zu meistern; die Hl. Klara, wenn ich eine Gefährtin und Freundin an der Seite brauche, die mich zu Christus führt; der Hl. Franziskus, wenn ich ein Vorbild im Lieben brauche …

Und dann ist da natürlich Gott selbst, der mir die wirksamste und tiefste Erinnerung zuspricht: „Du bist von mir gewollt, vom Mutterleib an!"

Wer ist denn dein Patronus? Welches Wort Gottes ist für dich ein Wort, dass dich neu mit Freude erfüllt und vor inneren und äußeren Angriffen schützt?

Frohe Botschaft Fegefeuer

Das Fegefeuer wurde Jahrhunderte lang genutzt, um Menschen Angst zu machen und sie kleinzuhalten. Dabei ist es eigentlich eine frohe Botschaft. Ich bin dankbar für die Lehre des Fegefeuers. Das klingt auf den ersten Blick vielleicht absurd. Doch macht sie mir keine Angst, sondern schenkt mir Hoffnung und zeigt mir, worauf es auch im Leben ankommt.

Was versteht man heute unter Fegefeuer? Die eigentliche Bezeichnung ist *purgatorium*, Reinigungsort. Purgatorium bedeutet, dass es einen Ort gibt, vor dem Himmel, wo ich auf den Himmel vorbereitet, gereinigt werde, sodass ich offen und frei bin für die Freude des Himmels: Gott von Angesicht zu Angesicht gegenüberzutreten.

Im Leben geschieht es, dass wir aus unterschiedlichsten Gründen nicht lieben können, uns aus Angst hinter Masken verstecken und am Leben vorbeileben. Wir sagen „Nein" zum Leben.

Im Tod stehen wir vor Christus, der liebevoll auf uns schaut. Seine Liebe ermöglicht es mir meine Wahrheit zu erkennen. In seinem Angesicht, vor ihm, der selbst die Wahrheit ist, kann ich meine Masken endlich fallen lassen und muss nichts mehr vorspielen. Seine Liebe ist so groß, dass meine Scham nicht mehr über die Wahrheit siegt. Diese Erkenntnis, das Sehen, wo ich am Leben vorbeigelebt habe, wo ich nicht geliebt habe, das tut weh, das brennt wie Feuer und kostet viel Mut.

Dieser Schmerz wird mir nicht zugemutet, weil Jesus Christus mir wehtun und schaden möchte, sondern weil er möchte, dass ich ganz in die Liebe hineingehen kann. Solange ich noch Masken trage, kann ich mich auch nur mit Masken lieben lassen, dann weiß ich nie genau, ob ich oder meine Masken geliebt werden. Durch das Fegefeuer hindurch darf ich darauf hoffen, mich ganz lieben zu lassen und ganz zu lieben.

Diese Dynamik des Fegefeuers kennen wir auch aus dem Leben. Wenn ich einer Freundin etwas erzähle, wofür ich mich schäme, eine Maske ablege, und dann erfahre, dass sie vielleicht die Sache ebenso verurteilt wie ich, aber mich nicht verurteilt, sie dennoch zu mir hält, trotz meiner Schattenseiten – welche Erleichterung erfahre ich dann und wie schnell gerät so eine Freundschaft auf eine tiefere Ebene, weil ich spüre, dass ich nicht nur als die gemocht bin, bei der alles zu laufen scheint, sondern auch als die, die Fehler hat und schwierige Seiten. Die Botschaft vom Fegefeuer ruft uns auf, schon zu Lebzeiten umzukehren. Sie ermutigt uns zu schauen, wo ich Masken trage, wo ich am Leben vorbeilebe, und meinen Blick senke, weil ich mich vor Gottes Blick schäme. Diese Ehrlichkeit tut weh und fällt schwer, weil ich mich verletzlich mache. Aber: Sie lohnt sich und befreit. Und wie schön zu wissen, dass da ein Ort ist, wo alle Verstellung endet, wo wir uns rein gegenübertreten, wieder ganz in unser „Ja“ zum Leben eintreten.

Machen wir doch unser Leben hier auf Erden auch zu einem so himmlischen Ort, zu einem Ort mit so viel Wahrhaftigkeit und durchdringender Ehrlichkeit, wie es uns möglich ist. Zu einem Ort, wo wir nicht vor Scham unsere Blicke senken, sondern einander anschauen, in Liebe, die ermutigt, sich nicht zu verstellen. Eine Liebe, die der anderen zeigt: „Ich mein es gut mit dir!“ Eine Liebe, in der ich mich angenommen weiß.

Still werden vor dir

Still werden möchte ich vor dir, Herr,
den Alltagslärm hinter mir lassen
dir anvertrauen,
was mich bewegt
und es in deine Hände legen
frei werden
von der Hektik des Alltags
mit dir sprechen,
von Herz zu Herz
und zur Ruhe kommen bei dir

Still werden möchte ich vor dir, Herr,
mich von dir anschauen lassen
in deinem Blick verstummen
du kennst mich
und weißt um mich
du bist da –
ich bin da.
Einfach nur da sein
vor dir,
mit dir,
in dir
still werden möchte ich vor dir, Herr

Nöte unserer Stadt

Das erste, was man mit dem Hl. Martin heute verbindet, das sind wohl singende Kinder mit wunderschönen, bemalten und leuchtenden Laternen. Mit großer Freude wird ein Mann gefeiert, der uns ein echtes Vorbild im Lieben ist, der großzügig seinen Mantel teilt, um einen Bettler vor dem sicheren Tod zu schützen.

Für mich ist der Hl. Martin vor allem ein Vorbild im Wahrnehmen von Not. Er sieht die Not – und lässt sich ansprechen. Martin schaut nicht weg. Bei ihm darf sein, was ist. Und so fragt er mich: Wo umgibt dich Not, hier in deiner Stadt, ob verborgen oder offensichtlich? Der Hl. Martin ermutigt mich, mit diesem Blick durch die Stadt zu gehen und die Augen nicht zu verschließen, sondern mich ansprechen zu lassen: Da ist die Bank – wie viele Menschen werden dort verzweifeln, weil sie in finanzielle Nöte geraten sind? Oder der Tafelladen – wie viele Menschen wohl mit einer großen Scham dort hingehen, weil es einfach für das Nötigste nicht reicht? Der Marktplatz –wie viele Menschen wohl zum Markt gehen, weil das ein Moment in der Woche ist, wo sie Ansprache haben und mit jemandem reden können? Da ist die Frau, die betrübt aus einer Arztpraxis kommt – vielleicht hat sie eine schlechte Diagnose erhalten? Dann ist da der Mann, der stark betrunken am Bahnhof steht – er scheint das Leben im Moment nur so ertragen zu können. Und die Frau mit drei kleinen Kindern um sich herum, voll beladen mit Einkäufen, jeder will etwas von ihr und sie kann dem nicht gerecht werden, wirkt abgehetzt und überfordert. Dann das Paar, die so unzufrieden nebeneinander herlaufen, sie immer einen Schritt schneller als er: Da muss es irgendeinen Streit gegeben haben.

Die Not von anderen zu sehen, das fällt dann schwer, wenn in der Hektik des Alltags keine Zeit für Ungeplantes bleibt oder wenn ich selbst meinen eigenen Nöten nicht ins Gesicht schauen kann und so die fremden Nöte erst recht bedrohen. Oder auch dann, wenn ich mich von der Not des anderen überfordert fühle, weil ich meine, sie beseitigen zu müssen und nicht darauf vertraue, dass es schon viel wert ist, nicht wegzuschauen.

Mir hilft es, mir immer wieder klarzumachen: Ich kann die Not von anderen in der Regel nicht beseitigen, aber was ich kann, ist: Nicht wegschauen! Und so zeigen, dass der andere sich für seine Not nicht schämen muss, dass er angesehen ist. Als Gott dem Mose am Dornbusch erscheint und sich offenbart als der „Ich-bin-da", sagt er: „Ich habe deine Not gesehen" (Ex 3,7). Wenn ich dem anderen zeige: „Du musst dich nicht verstecken. Deine Not schließt dich nicht aus", dann geschieht schon Linderung. In Psalm 8 heißt es „Was ist der Mensch, dass du seiner gedenkst, des Menschen Kind, dass du dich seiner annimmst? Du hast ihn nur wenig geringer gemacht als Gott, du hast ihn gekrönt mit Pracht und Herrlichkeit." Das ist Gottes Blick auf den Menschen, egal in welcher Not er ist. Er schaut nicht weg, sondern schaut jeden voll Liebe an. Wenn ich versuche, in diesen Blick Gottes einzuschwingen, dann schenke ich meinem Mitmenschen Würde und Ansehen. Warum den Alkoholiker am Bahnhof nicht grüßen, der Frau aus der Arztpraxis einen Blick schenken und der Mutter mit ihren drei Kindern aufmunternd und anerkennend zunicken. Manchmal ist ein Lächeln schon wie ein halber Mantel.

Wozu bin ich auf der Welt?

In dem Kinderbuch „Die große Frage“ von Wolf Erlbruch stellt ein kleiner Junge seine große Frage: „Wozu bin ich auf der Welt?“. Unterschiedlichste Personen und Gegenstände antworten ihm: „Um dich zu verwöhnen“, sagt die Oma. „Um die Wolken zu küssen“; sagt der Pilot. „Um da zu sein“, der Stein. „Ich habe keine Ahnung“, sagt die Ente. „Um dich liebzuhaben“, die Mutter. Jeder antwortet ganz unterschiedlich aus seiner Beziehung zu dem kleinen Jungen oder aus dem Hobby oder Beruf heraus: „Um zu kämpfen“ sagt der Boxer und „Um früh aufzustehen“ der Bäcker.

Es gibt nicht einen Grund auf der Welt zu sein, sondern unzählige. Schnell gibt es Phasen im Leben, wo man am Sinn zweifelt: Da hat man sich lange bestimmen lassen und weiß nun gar nicht mehr um die eigenen Sehnsüchte und Wünsche. Ein Verlust ist zu verkraften und das Leben scheint leer ohne den geliebten Menschen. Wie soll es so weitergehen? Nach langer Berufstätigkeit beginnt die Rentenphase: Wozu bin ich nun noch da? Da sind unterschiedlichste Möglichkeiten, Sinn zu verwirklichen, und man wählt keine, aus Angst, sich falsch zu entscheiden.

An der Frage „Wie gebe ich meinem Leben Sinn? Wie kann ich höchstmöglichen Sinn verwirklichen?“ kann man verzweifeln. Der Begründer der Logotherapie Viktor Frankl prägte den Satz: „Das Leben stellt dem Menschen Fragen – er hat zu antworten, und zwar, indem er die Lebensfragen beantwortet – indem er sein Leben verantwortet. Er muss also nach einer Antwort ans Leben suchen, den Sinn seines Lebens suchen – um ihn schließlich zu finden.“

Das Leben fragt uns. Wir sind vom Leben gefragt. Das Leben hält eine Aufgabe für uns bereit. Welche Aufforderungen stellt das Leben mir?

Unsere Aufgaben zeigen sich uns meist in unserem direkten Umfeld. Wir müssen nur wachsam schauen. Wir sind gefordert und gebraucht. Da ist ein Platz, der uns bereitet ist. Ein Platz, der leer bleibt, wenn wir ihn nicht einnehmen. Gott hat uns einen Platz bereitet. Wir tragen eine ganz persönliche Berufung in uns, sind von Gott gerufen. Jeder von uns.

In dem Text eines unbekannten Autors heißt es: „Jakob war ein Betrüger, Petrus war impulsiv, David hatte eine Affäre, Noah betrank sich, Jona lief Gott weg, Paulus war ein Mörder, Mirjam war eine Tratschtante, Marta machte sich viel Sorgen, Gideon war unsicher, Thomas war ein Zweifler, Sara war ungeduldig, Elia war depressiv, Moses stotterte, Zachäus war klein, Abraham war alt, Lazarus war tot. Gott ruft nicht die Qualifizierten. Er qualifiziert die Berufenen."

Der Text zeigt: Gott ruft einen jeden von uns, nicht nur die Perfekten. Wenn ich meinem Ruf folge, dann gibt er mir das dazu, was es braucht. Thomas, der Zweifler, bekommt von Jesus, was er braucht, um zu vertrauen. Der kleine Zachäus wird groß, indem er Gastgeber für viele wird, aber vor allem, indem er umkehrt. Moses bekommt seinen Bruder an die Seite gestellt, der das Reden übernimmt. Der depressive Elia wird von neuer Kraft ausgefüllt, um Gottes Auftrag zu erfüllen.

Welche Berufung trage ich in mir? Wenn ich Gott frage: „Wozu bin ich auf der Welt?", was antwortet er mir? In welche Situation stellt Gott mich hinein? Wohin zieht es meine Seele?

Ich bin gebraucht und Gott sehnt sich danach, dass ich das spüre und lebe. Auf unzählige Arten und Weisen kann ich meine Berufung leben: Die Hauptsache ist es, dass ich nicht passiv abwarte, sondern anfange und meinen Platz ausfülle.

Die Heilige Familie

*„Vor allem aber liebt einander,
denn die Liebe ist das Band, das alles zusammenhält
und vollkommen macht.“
(Kol 3,12–21)*

Familienidylle pur: Der Vater will schon vor der Geburt nichts von seinem Kind wissen und sich lieber aus dem Staub machen: Er glaubt, dass seine Frau fremdgegangen ist. Der Mutter wird nach der Geburt prophezeit, dass es mit diesem Kind nicht leicht werden wird. Die junge Familie wird dann auch noch politisch verfolgt und sie müssen fliehen. Als Pubertierender setzt sich der Sohn im Urlaub einfach ab – als seine Eltern ihn panisch vor Sorge wiederfinden, reagiert er mit einem „Konntet ihr euch doch denken, wo ich bin!“ Später dann, auf einer Feier, will seine Mutter ein bisschen Hilfe von ihm. Seine Reaktion: „Frau, was willst du?“ Die Spur des Vaters verliert sich irgendwann. Als die Mutter ihren Sohn besuchen will, lässt er sie erst einmal nicht rein – er hat ein neues Umfeld gefunden. Dann wird es richtig tragisch: Die Mutter muss mit ansehen, wie ihr Sohn brutal hingerichtet und ermordet wird. Viel mehr Tragödien kann es wohl im Leben einer Familie nicht geben.

Diese Familie verehren wir heute als die Heilige Familie. Heilige Familie heißt also nicht: Familienidylle, keine Herausforderungen und Auseinandersetzungen. Heilige Familie, das bedeutet, dass die Familie geheiligt ist. In Gottes Augen ist sie heilig. In ihr ist das Band der Liebe

sichtbar: Nach dem ersten „Nein" zum Kind, ändert der Vater nach einem Traum seine Meinung und nimmt das Kind an. Die Flucht übersteht die Familie, nachdem er ausgerissen ist, kommt der Pubertierende wieder gehorsam mit nach Hause, auf der Feier hilft er dann doch und vor seinem Tod kümmert er sich darum, dass für seine Mutter auch nach dem Tod das Leben weitergehen kann. Die drei haben sich immer wieder aufeinander zubewegt und wussten um das Band der Liebe zwischen ihnen.
Gott heiligt unser Zusammensein: Zwischen all unsere dunklen Fäden webt er einen goldenen Faden und so erstrahlt sogar das Dunkle in kostbarem Glanz – zumindest dann, wenn ich auch auf den goldenen Faden schaue. Ein 14-jähriger Junge hat mir diese Weisheit einmal wunderbar erklärt. Es ging um das Gebot „Du sollst Vater und Mutter ehren". Er erzählte, dass seine Mutter kurz nach der Geburt gegangen sei und sich nie um ihn geschert hätte. Der Vater, Alkoholiker, war auch nicht wirklich für ihn da. Im Gegenteil. Vater und Mutter ehren – warum denn? Später jedoch sagte er: „Naja, es bringt mir auch nichts, wenn ich immer wütend auf beide bin. Das macht mich nur unglücklich. Stattdessen kann ich auch froh sein, dass es mich überhaupt gibt. Das Leben habe ich schließlich von ihnen, trotz allem."
Schauen wir doch einmal auf das Heilige in unseren Beziehungen, auf Gottes goldenen Faden der Liebe, der sicherlich im Stoff unserer Beziehungen zu finden ist, wenn auch vielleicht manchmal sehr verborgen und verdeckt. Und weben wir unsere goldenen Fäden dazu. Wir haben Anteil an der Heiligkeit unserer Beziehungen.

Segen

Segen ist für mich eine so wunderschöne Geste. Ich mag es, jemanden zu segnen, genauso wie gesegnet zu werden. Das lateinische Wort für Segen, *benedicere*, bedeutet: Gutes sagen. Gott spricht gut über uns. Und dieses Gut-Sprechen Gottes dürfen wir weitergeben und so selbst zu einem Segen werden. Segen berührt, die körperliche Geste, wie auch der Zuspruch. Segen gibt Kraft und schafft neue Realität.

Da ist das Erstkommunionkind, mit dem es den Tag über sehr anstrengend war und mit dem wir einige Auseinandersetzungen hatten. Statt der Kommunion gab es einen Segen für jedes Kind. Nach dem Segen schaute der Junge mich an: „Bist du mir wirklich nicht böse?" Am Segen hatte er das verstanden: Wir können uns auseinandersetzen, aber das heißt nicht, dass wir uns nicht mögen.

Oder der Schulgottesdienst, wo Lehrerinnen bei der Einzelsegnung unterstützen. Nachher kam eine zu mir und sagte: „Ich habe gerade ein Mädchen gesegnet, dem ich gleich eine Fünf in Mathe wiedergeben muss. Wie schön, dass ich ihr mit dem Segen auch etwas anderes sagen konnte!"

Da kommt nach einem Gottesdienst, in dem ich über Segen gesprochen habe, ein Mann auf mich zu und sagt: „Jetzt möchte ich sie aber auch segnen!" Und segnet mich völlig unvermittelt – und erst an seiner Geste merkte ich, wie sehr ich das gerade auch brauchte.

Auch der Hl. Franziskus brauchte den Segen. Die Beziehung zu seinem Vater war mehr als gestört, nachdem Franziskus sich entschied ein armes Leben unter den Armen zu leben und sich ganz in der Nachfolge Christi zu verankern. Der Vater hätte sich gewünscht, dass sein Sohn, wenn nicht schon als Ritter geadelt, dann aber wenigstens den Tuchhandel übernimmt und es damit zu Ansehen und Reichtum schafft. Franziskus war mit dem ständigen Fluch des Vaters konfrontiert. So nahm er sich einen Mann an die Seite, einen Bettler, der ihn immer dann segnen sollte, wenn der Vater ihn verfluchte. Auch er brauchte das gute Wort Gottes gegen die fluchenden Worte des Vaters. „Segnet die, die euch verfluchen“ (Lk 6,28) sagt Jesus im Evangelium. Leichter fällt es mir, Menschen zu segnen, die ich mag, denen ich von Herzen wünsche, sich ganz in einem guten Wort geborgen zu fühlen. Bei denen, die ich nicht mag, fällt es mir deutlich schwerer. Und wenn ich mich dann doch überwinde, ist der Kniff für mich: Es ist nicht an mir, mich zwischen Gottes Segen und den anderen zu stellen, das steht mir nicht zu. Und dann mache ich die Erfahrung, dass ich auch wieder offener werde für den anderen. Segnen wir einander, sagen wir uns Gutes zu!

Kreidekunst

Ich mag die Straßenkunst von David Zinn total gerne. Unschöne Stellen auf Bürgersteigen und Ähnlichem nutzt er, um daraus witzige Fantasiegestalten zu entwickeln: Da wird der gelbe Poller zu einem riesigen Hut, der Gulli zum Krokodilskörper, die wilden Gänseblümchen werden zum Lamm oder ein Steinchen in einem Loch im Teer zum Zähnchen einer singenden Maus. Aus Rissen erzählt er wunderbare Geschichten, die den Zuschauer zum Lächeln bringen und die Welt einfach schöner machen. Mir gefällt sein Blick auf die Welt! Er sucht das Schönheitspotenzial in dem, was ihm hässlich entgegenkommt. Er übersieht die „Schandflecken" nicht einfach oder kämpft durch besonders strahlende Gegenentwürfe dagegen an, sondern arbeitet mit dem, was im ersten Moment überhaupt nicht schön erscheint. Wie kann ich verwandeln, was mir gegeben ist? Er schätzt so die Realität wert und entdeckt gleichzeitig, was daraus werden kann.

Ähnlich geht es mir mit der japanischen Kintsugi-Kunst: Wenn Porzellan kaputt geht, dann schmeißt man es nicht weg oder versucht den Riss unauffällig zu kitten – ganz im Gegenteil: Man füllt den Riss mit Gold und hebt ihn erst recht hervor, vergoldet den Fehler.

Für Gott ist jeder Riss ein Einfallstor für seine Liebe. Er fokussiert sich nicht auf das Zerbrochene oder Kaputte oder versucht alles, um dem aus dem Weg zu gehen. Nein, er schaut erst recht darauf: Dieser sein Blick, der sagt, dass es jeder Riss verdient hat, angesehen zu werden. Er wünscht sich, all unsere Risse zu vergolden. Und dass wir nicht bei dem Riss stehen bleiben, sondern wir durch ihn hindurch in seine Liebe eintreten.

Im zweiten Korintherbrief heißt es: „Gott, der Herr sprach: ‚Aus Finsternis soll Licht aufleuchten!', er ist in unseren Herzen aufgeleuchtet, damit aufstrahlt die Erkenntnis des göttlichen Glanzes auf dem Antlitz Christi. Diesen Schatz tragen wir in zerbrechlichen Gefäßen; so wird deutlich, dass das Übermaß der Kraft von Gott und nicht von uns kommt." (2 Kor 4,6f)

Ja, der Schatz der Erkenntnis des göttlichen Glanzes, er ist in zerbrechlichen Gefäßen, in uns, zu Hause. Doch die Zerbrechlichkeit unserer Gefäße nimmt ihm nicht die Schönheit. Wie David Zinn ruft er uns entgegen: Schau, was auch in all dem Zerbrochenen und Unansehnlichen an Kostbarkeiten und Freude verborgen ist.

Gehen wir doch immer einmal wieder mit diesem Blick des David Zinn durch den Alltag und werden zum Street-Artist unserer Lebensstraßen. Ein Riss auf meinem Lebensweg, ein Fleck, Unkraut, das hervorquillt? Ja, so ist es, so ist meine Lebensstraße. Aber das heißt noch lange nicht, dass ich sie mit Gottes Hilfe nicht in ein wahres Kunstwerk verwandeln kann.

Mutig drauf los!

„Mutig drauf los“, muss ich mir immer wieder selbst sagen. Von Natur aus bin ich nicht die Allermutigste. Den nötigen Mut muss ich mir so manches Mal ganz schön in den unterschiedlichsten Ecken zusammenkratzen. Zu Schulzeiten hatte ich sogar eine Freundin, die, wenn ich mal wieder nicht so mutig war, immer meinte: „Komm, heute ist Trau-Dich-Tag.“ Immer wieder wollte sie mich überzeugen, dass meine Angst nicht das letzte Wort haben muss, sondern ich doch mehr kann als meine Angst mir suggeriert. Oft hat sie mich mitgezogen, um doch diese oder jene Grenze zu überwinden. Angenehm und leicht war das nicht immer ...

Jesus spricht im Evangelium auch über den Mut: „In der Welt seid ihr in Bedrängnis; aber habt Mut: Ich habe die Welt besiegt.“ (Joh 16,33) Er bringt Mut mit der Dynamik von siegen und verlieren zusammen. So ist es wohl meistens auch: Ängstlich war und bin ich dann, wenn ich in einer Situation scheitern, verlieren könnte. Wenn etwas auf dem Spiel steht: Mein Ansehen, eine Zukunftsplanung, das Gelingen einer Beziehung und und und. Was hatte ich Angst vor Referaten und Prüfungen – ich könnte ja scheitern!

Wenn gewinnen und verlieren im Spiel und Sport auch motivieren und Freude machen, manchmal den nötigen Antrieb geben, um zu Höchstleistungen zu gelangen, so sieht die Frage im Spiel des Lebens schon anders aus. Ein Spiel vergeigen kann ärgerlich sein, aber hat in der Regel keinen großen Einfluss auf mein Leben. Eine Beziehung, die scheitert, oder ein einmal verlorenes Ansehen ist schwerer zu kitten. Das habe ich nicht in der Hand. Und das kann Angst machen. Es gibt eine Angst, die zu Höchstleistungen motiviert, aber wenn ein gewisses Level überschritten ist, dann lähmt und blockiert sie und gefühlt geht nichts mehr weiter.

„Hab Mut, ich habe die Welt besiegt", ruft Jesus Christus mir entgegen. „Es steht doch gar nichts auf dem Spiel, du kannst nicht verlieren, denn ich habe schon längst für dich gewonnen! Du musst dich nicht um Gewinnen und Verlieren kümmern – lass die Frage sein, die lähmt dich nur. Du kannst ruhig mutig sein, denn den wirklich relevanten Kampf, den habe ich schon für dich entschieden."

Den Kampf gegen die Angst, gegen alle bösen Mächte, den hat Jesus Christus gewonnen – mit seinem Vertrauen in Gott seinen Vater, mit seinem Vertrauen darin, dass das Leben das letzte Wort hat. Und damit ist mir der größte Grund zur Angst genommen. Was auch geschehen mag: Mein Leben hat eine Zukunft, wie auch immer sie aussieht. Und sie ist nicht ohne Gott.

Es wäre doch schön, einmal in dem Bewusstsein durch den Tag zu gehen, nicht kämpfen zu müssen. Einfach und mit Mut mein Leben leben, nicht mehr und nicht weniger. Alles andere hat Jesus für mich erledigt. Ich habe mit Christus schon längst gewonnen, nur Mut!

Feuerspiele

Feuer – etwas ganz Archaisches, Urtümliches. Feuer – ein großer Segen: Was ginge alles nicht, hätten wir kein Feuer. Gleichzeitig ist Feuer mit großer Gefahr verbunden, denken wir doch z.B. an all die Waldbrände der letzten Jahre. Als Kind hatte ich Angst vor Feuer und es hat gedauert, bis ich das erste Mal ein Streichholz benutzte. Und ich weiß noch heute, wie ich panisch aus dem Wohnzimmer rannte, als die Serviette im Brötchenkorb Feuer fing. Gleichzeitig kenne ich kaum etwas Schöneres, als in ein Feuer zu schauen – was wäre Gebet ohne Kerze und wie schön ist es, in einen offenen Kamin oder ein Lagerfeuer zu schauen. Die Atmosphäre verändert sich, wenn ein Feuer brennt. Die Wirklichkeit wird in ein anderes Licht getaucht. Was für ein ambivalentes Bild, das Feuer. Auch in der Bibel. Da ist Feuer das Symbol für die Zerstörung ganzer Städte und gleichzeitig offenbart Gott sich im brennenden Dornbusch. Feuer geht uns unbedingt an - es macht uns wach und aufmerksam, ob für Freude, eine besonders anrührende Atmosphäre oder als Warnung vor Gefahr.

Der Hl. Geist legt sich in Feuerzungen auf die Menschen. Das Ergebnis: Sie reden in fremden Sprachen und verstehen sich alle plötzlich untereinander. Das Feuer setzt also eine Lebensdynamik frei. Mit dem Hl. Geist kommt etwas in Bewegung. Kommunikation baut sich auf: Die Menschen beginnen, sich zu verstehen. Gott entflammt uns mit seiner Liebe und die bleibt nicht folgenlos. Bei Augustinus heißt es: „Nur wer selbst brennt, kann Feuer in anderen entfachen."

Feuer ist das Element, das das, was Bestand hat, vom Unbeständigen trennt und reinigt. Feuer zeigt, was von besonderer Haltbarkeit ist, was Substanz hat. Vielleicht können die Menschen sich deshalb in den fremden Sprachen verständigen: Weil durch das Feuer das Unnötige weggefallen ist. So konzentriert man sich wieder auf das Wesentliche und wird so wieder wach für den anderen. Man versteht sich neu oder gar das erste Mal, über alle Grenzen hinweg.

Darum möchte ich den Hl. Geist besonders bitten, dass er nimmt, was trennt und ablenkt; dass im Feuer verbrennt, was nicht vom guten Geist ist und sich neu entzündet, was von ihm erzählt. Dass wir gereinigt werden, um neu zu entflammen, für unser Leben, für den Nächsten, für Gott.

Der Hl. Geist gießt sich reichlich über uns aus, dafür müssen wir nichts tun – es kommt aber auf uns an, ob wir auch stehen bleiben, uns reinigen und vom Geist beschenken lassen. Manchmal scheint das Einlassen auf den Hl. Geist wie ein Spiel mit dem Feuer. Stimmt. Aber der Preis, dieses Spiel nicht einzugehen, ist es, dass weiter in mir bleibt, was keinen Bestand hat. Ob wir bereit sind uns entflammen zu lassen, das liegt an uns.

Erbschaftsangelegenheiten

Mit meiner Schwester hatte ich letztens eine interessante Diskussion, wer denn was von wem geerbt hätte: Was hast du, was habe ich von Mama, von Papa und wo spielen unsere Großeltern eine Rolle? Unser Blick war durchaus nicht immer gleich. Manchmal waren wir uns gerade an den uns kostbaren Punkten nicht einig: Was wir an Eigenschaften von wem hatten, wollten wir ungerne teilen, wenn es Eigenschaften waren, die uns etwas bedeuteten, da wollte es jede für sich reklamieren. Irgendwie gingen wir in die komische Irre, wie es in Erbschaftsangelegenheiten oft tatsächlich der Fall ist, dass es ein Entweder-Oder geben müsste: Entweder du hast das von Oma oder ich, beide geht nicht! Absurd eigentlich. Warum sollte sie nicht in unser beider Leben Spuren hinterlassen haben, die sogar ähnlich aussehen?

Wir stehen in Generationenzusammenhängen, übernehmen Eigenschaften und Themen unserer Vorfahren. Die Guten, die Früchte, die unsere Vorfahren gesät haben und die bei uns aufgehen, aber ebenso auch die schwierigen Erlebnisse und Erfahrungen, die es in unsere Seele hineinschaffen.

Im Buch Exodus heißt es: „Ich bin Jahwe, dein Gott, der dich heraus geführt hat aus dem Land Ägypten, aus einem Sklavenhaus. Du sollst neben mir keine anderen Götter haben. Du sollst dich nicht vor anderen Göttern niederwerfen und dich nicht verpflichten, ihnen zu dienen. Denn ich, der Herr, dein Gott, bin ein eifersüchtiger Gott: Bei denen, die mir Feind sind, verfolge ich die Schuld der Väter an den Söhnen, bis in die dritte und vierte Generation.“ (Ex 20,2–5)

Im ersten Moment klingt das einfach nur ungerecht: Warum muss ich an der Schuld der vorherigen Generationen leiden? Sicher ist die Sprache aus dem Buch Exodus nicht mehr die heutige und wir würden heute nicht mehr sagen, dass Gott der ist, der aus Kränkung noch die folgenden Generationen bestraft – so klingt es schließlich im ersten Moment. Aber die Menschen damals beschrieben weise, was sie wahrgenommen haben. Und weil sie es sich nicht anders erklären konnten, musste es Gott sein, der so bestraft. Heute würden wir es eher so formulieren: Wir sind in Schuldzusammenhänge verstrickt, in persönliche, selbst begangene Schuld, aber auch in Zusammenhänge, die uns ohne unser aktives Zutun umgeben. Und diese Unheilsverstrickungen, die werden schnell und oft unbemerkt weitergegeben. Wir merken heute ganz deutlich, wie die Themen der Kriegsgeneration sich noch heute in der Enkelgeneration zeigen. Bis in die dritte und vierte Generation!

Die biblische Lösung: Schau auf Gott – nicht auf die Unheilszusammenhänge. Mach dich immer wieder an ihm fest und nicht an Götzen. Bleib bei der Freiheit, die er dir verheißen hat. Im Psalm 16 heißt es: „Du, Herr, gibst mir das Erbe!“ Als Kinder Gottes erben wir nicht nur von den vorangegangenen Generationen – wir erben auch von unserem himmlischen Vater.

Vielleicht kann ich auch diese Wahrheit in meinem Leben gelten lassen. Ja, ich habe dieses und jenes von meinen Eltern und Großeltern mitbekommen, Schönes und Belastendes, Eigenschaften, die Freiheit schenken, so wie solche, die mich gefangen halten. Aber: Was habe ich von

Gott geerbt? Wie zeigt sich in mir seine Güte, Liebe und Barmherzigkeit? Das ist schließlich auch auf meinem Erbschaftskonto. Ich habe von ihm geerbt. Daran komme ich nicht vorbei. Und ich tue gut daran, dieses Erbe nicht nur für schlechte Tage zurückzulegen: Sein Erbe vergrößert sich, je mehr ich es in Umlauf bringe. Vielleicht kann es mir guttun, dieses Bild auf mich wirken lassen: Du, Herr, gibst mir das Erbe. Welche Bilder kommen mir, wenn ich den Satz höre? Was steht in seinem Testament für mich? Hole ich das göttliche Erbe heraus aus der Mottenkiste und setze es voll Dankbarkeit ein!

Liebst du mich?

Als sie gegessen hatten, sagte Jesus zu Simon Petrus: „Simon, Sohn des Johannes, liebst du mich mehr als irgendein anderer hier?“ Petrus gab ihm zur Antwort: „Ja, Herr, du weißt, dass ich dich lieb habe.“ Darauf sagte Jesus zu ihm: „Sorge für meine Lämmer!“

Jesus fragte ihn ein zweites Mal: „Simon, Sohn des Johannes, liebst du mich?“ Petrus antwortete: „Ja, Herr, du weißt, dass ich dich lieb habe.“ Da sagte Jesus zu ihm:

„Hüte meine Schafe!“

Jesus fragte ihn ein drittes Mal: „Simon, Sohn des Johannes, hast du mich lieb?“ Petrus wurde traurig, *weil Jesus ihn nun schon zum dritten Mal fragte: „Hast du mich lieb?“ – „Herr, du weißt alles“,* erwiderte *er. „Du weißt, dass ich dich lieb habe.“* Darauf *sagte Jesus zu ihm: „Sorge für meine Schafe!“ (Joh 21,15–17)*

Das obenstehende Evangelium ist eines meiner Lieblingsevangelien, bei dem es sich lohnt, sehr genau hinzuhören. Die Einheitsübersetzung übersetzt es leider nicht so klar, wie die Neue Genfer Übersetzung, aber auch bei der muss man genau hinhören.

Im ersten Moment könnte man ja denken: Was soll denn dieses dreimal Fragen und Antworten – Jesus hat doch die Antwort schon beim ersten Mal bekommen. Geht es um ein dreimaliges Liebesbekenntnis gegen die dreimalige Verleugnung vorher? Das klingt auf jeden Fall mit an, ja, aber die Fragen und Antworten gehen noch viele tiefer. Im Griechischen gibt es unterschiedliche Worte für „lieben": Ein Wort für die Liebe zwischen Eltern und Kindern, eines für die freundschaftliche Liebe, eins für die Gottes- und Nächstenliebe und und und. Im Deutschen ist das schwieriger auszudrücken. Aber es lohnt sich, genau hinzuschauen. Jesus fragt Petrus beim ersten und zweiten Mal: Liebst du mich in der Form der tiefen Gottes- und Nächstenliebe? Hier wird das griechische Wort „*agapein*", das Wort für die innige Gottes- und Nächstenliebe, verwendet. Petrus antwortet: Du weißt, dass ich dich liebe wie einen Freund. In der Antwort des Petrus taucht ein anderes Wort auf, nämlich „*philein*", das die Freundesliebe beschreibt. Beim dritten Mal dann fragt Jesus: Liebst du mich wie einen Freund? Jesus selbst benutzt nun „*philein*". „Ja, Herrn, du weißt, dass ich dich liebe wie einen Freund." antwortet Petrus wieder.

Was mich fasziniert: Jesus könnte ja sauer oder frustriert sein, dass Petrus nicht in sein Liebesangebot einsteigt. Oder auch verletzt. „So viel Zeit miteinander geteilt, und dann ist er zu nicht mehr als zu freundschaftlicher Liebe in der Lage ... Seine Schwiegermutter habe ich geheilt, ich habe ihn aus dem Wasser gezogen, stehe als Auferstandener vor ihm. Und trotzdem, nur „*philein*" ...

Nichts von alledem: Stattdessen steigt Jesus herunter nach dem zweimaligen Angebt, als würde er sagen wollen: „Ich habe dir jetzt zweimal gezeigt, wie ich mir unsere Liebe wünschen würde. Aber in Ordnung, das kannst du noch nicht und das ist in Ordnung – ich lasse mich auf deine Form der Liebe ein. Und das schmälert meine Liebe nicht, ich gebe dir trotzdem den Auftrag, für meine Schafe zu sorgen.“ Jesu Auftrag bleibt der gleiche, daran nimmt er nichts zurück.

Jesus kannte Petrus, er hat sich wahrscheinlich schon vorher gedacht, dass Petrus nur zur Freundesliebe in der Lage ist. Er hätte ja von Anfang an auch nur danach fragen können. Das macht er nicht, er lockt Petrus, lockt ihn in die noch viel höhere Liebesform, die auf ihn wartet. Er lockt, aber er zwingt nicht, sondern bleibt letztlich bei dem jetzt Möglichen. Ohne eingeschnappt zu sein. Als würde er uns sagen: Mein Liebesangebot steht. Aber ich bin auch sehr froh über unsere jetzige Liebesform – und auch diese Liebe ist unglaublich kostbar und wichtig für das Reich Gottes. Und an Petrus fasziniert mich seine Ehrlichkeit: Er hätte ja auch einfach bei Jesu Formulierung bleiben können. Vielleicht hätte ich das getan, hätte mich geschämt, dass ich ihn nicht so lieben kann und zur Notlüge gegriffen – und hätte mich danach so richtig unwohl gefühlt. Petrus' Ehrlichkeit ist mir ein Zeugnis: Ich muss vor Jesus wirklich nicht mehr können, als ich kann. Es ist ok, wie es ist. Er braucht mich auch so, liebt mich auch so und lockt mich immer weiter in seine Nachfolge.

Für dich!

„Grüß Gott", sagt das Känguru.
„Ja sicher", sage ich. „Wenn ich ihn das nächste Mal beim unglaublichen Hulk auf einen Kaffee treffe – im Phantasiereich!"
„Glaubste nicht mehr an Gott und Jesus und so?", fragt das Känguru.
„Nee", sage ich. „Jesus ist für mich gestorben."
„Nicht nur für dich", sagt das Känguru. „Für uns alle. Für uns arme Sünder."

Ich liebe Humor und die „Känguru-Chroniken" von Marc-Uwe Kling höre ich besonders gerne. Diese Stelle fand ich nicht nur lustig, sondern sie hat mich zum Nachdenken gebracht. Klar, nichts Neues: Jesus, der für unsere Sünden gestorben ist, könnte ich als Glaubenswahrheit herunterrattern, aber diese lustige Verfremdung hat dazu geführt, dass ich neu auf diese tiefe theologische Wahrheit aufmerksam wurde.

Jesus, der für uns gestorben ist. Dieser Stellvertretungsgedanke ist gar nicht so leicht zu verstehen und man kann sich ganz schön das Hirn zermartern, was das denn wirklich bringt und wie das denn wohl gemeint ist. Was bringt es mir jetzt und heute, ganz konkret, dass Jesus für mich (und dann auch noch für meine Sünden) gestorben ist? So die kritische Nachfrage heute von vielen Menschen, die mit dem Stellvertretungsgedanken wenig anfangen können. Bei Harry Potter habe sogar ich selbst komischerweise deutlich weniger darüber nachgedacht, sondern es einfach hingenommen, dass durch die Liebe der Mutter Harry nicht nur in dem Moment des Angriffs durch Lord Voldemort gerettet wird, sondern quasi darüber hinaus von „echter Lebensgefahr“ erlöst wird. Das klang alles aus dem Plot heraus so einleuchtend anrührend. Warum ist es bei Jesus nicht genauso einleuchtend, dass seine Liebe auch über den Tod hinaus eine Wirkkraft hat, die mich vor echter Lebensgefahr schützt? Liegt es daran, dass wir unsere Jesusbeziehung oft nicht als so individuell und persönlich wahrnehmen?

Jesus geht sogar noch einen großen Schritt weiter: Er ist eben nicht nur der, der mich gelingendes Leben lehrt, mich heilt, seinen Saum berühren lässt, mich zu sich zum Ausruhen ruft, mich aus Liebe ermahnt und mir die Füße wäscht, mir eine Perspektive aufzeigt und mich erwählt. Jesus ist eben auch der, der buchstäblich für mich stirbt. So weit geht seine Liebe. Viel mehr als ein bloßes Lippenbekenntnis oder eine affektive momentane Handlung, sondern sein Lebenssinn und seine Lebensaufgabe: Der gute Hirte, der sein Leben für uns, für seine Schafe gibt, dem das Wohlergehen der Schafe mehr am Herzen liegt als sein eigenes Leben. Jesus stirbt für uns und unsere Sünden. Er nimmt uns in seinen Tod mit hinein. Alles, was gelungen ist in unserem Leben, trägt er voll Freude mit vor Gott, aber eben auch all unser Scheitern, alles, was uns von Gott trennt. Er nimmt uns die Last unserer tiefsten Ängste und Verunsicherungen und schenkt uns neuen Anfang und eine Hoffnung über unser Scheitern, unsere kleinen und großen Tode hinaus. „Ich trage dich, mit allem, was dazu gehört, in Gottes Gegenwart hinein – das ist mein Angebot für dich, so ist meine Liebe. Ich möchte der gute Hirte deiner Seele sein. Ja, ich bin für dich gestorben, für dich und für alle, um mit euch aufzuerstehen."

So groß, so unfassbar ist seine Liebe – mit dem Kopf manchmal kaum nachzuvollziehen, aber das Herz spürt etwas von diesem Geheimnis, dass er ganz für uns lebt und stirbt. Nehme ich doch dieses „Für-Mich" mit in den Tag und schaue einmal, was es in mir auslöst.

Seligpreisungen

Als Jesus die Menschenmenge sah, stieg er auf einen Berg. Er setzte sich, seine Jünger versammelten sich um ihn, und er begann sie zu lehren. Er sagte: „Glücklich zu preisen sind die, die arm sind vor Gott; denn ihnen gehört das Himmelreich. Glücklich zu preisen sind die, die trauern; denn sie werden getröstet werden. Glücklich zu preisen sind die Sanftmütigen; denn sie werden die Erde als Besitz erhalten. Glücklich zu preisen sind die, die nach der Gerechtigkeit hungern und dürsten; denn sie werden satt werden. Glücklich zu preisen sind die Barmherzigen; denn sie werden Erbarmen finden. Glücklich zu preisen sind die, die ein reines Herz haben; denn sie werden Gott sehen. Glücklich zu preisen sind die, die Frieden stiften*; denn sie werden Söhne Gottes genannt werden. Glücklich zu preisen sind die, die um der Gerechtigkeit willen verfolgt werden; denn ihnen gehört das Himmelreich. Glücklich zu preisen seid ihr, wenn man euch um meinetwillen beschimpft und verfolgt und euch zu Unrecht die schlimmsten Dinge nachsagt. Freut euch und jubelt! Denn im Himmel wartet eine große Belohnung auf euch. Genauso hat man ja vor euch schon die Propheten verfolgt.“*
(Mt 5,1–12)

Die Seligpreisungen sind für mich echtes geistliches Schwarzbrot. Glücklich, selig bin ich, wenn ich arm bin, trauere, sanftmütig bin, wenn ich nach Gerechtigkeit hungere, ich barmherzig bin, wenn ich ein reines Herz habe, Frieden stifte, wenn ich verfolgt werde?

Dass ich glücklich bin, wenn ich ein reines Herz habe, Frieden stifte und barmherzig bin – ja, das kenne ich. Es ist schön, wenn ich dem anderen nicht mit Misstrauen begegne, wenn ich durch meine Art Versöhnung schaffe, mein Herz sprechen lasse. Das macht mich in meiner Tiefe froh. Glücklich, wenn ich sanftmütig bin? Nicht immer! Im Nachhinein gab es dann doch auch die Momente, wo meine Sanftmut ausgenutzt wurde, ich nachher „die Dumme" war. Arm sein, traurig sein, Ungerechtigkeit erfahren und verfolgt werden – das bringe ich nicht mit Seligkeit oder Glück in Verbindung. „Was bin ich doch glücklich, dass ich arm bin! Wie froh kann ich sein, dass man ungerecht zu mir ist! ..." Das würde mir doch nicht über die Lippen gehen. Und noch schwieriger wird es, wenn ich es jemandem sagen würde: „Du kannst glücklich sein, dass du arm bist! Sei froh, dass man dich ungerecht behandelt!"

Doch Jesu Sätze sind alles andere als ein Hohn über schwere Lebensumstände. Schauen wir weiter und lassen uns nicht von der ersten Irritation abschrecken, dann führen sie uns in eine besonders tiefe Freiheit. Letztlich sagen sie: „Segen und Glück sind dir nicht genommen, nie! Du hast in jeder Situation eine Chance auf Glück und Segen. Es gibt eine Perspektive für dich!"

Das sagen uns all die „denn"-Sätze. „Selig, die arm sind vor Gott, denn ihnen gehört das Himmelreich, selig die Trauernden, denn sie werden getröstet werden." Es gibt mit Gott immer eine Perspektive. Jede Situation birgt die Chance zu einer guten Bewältigung. Der Begründer der Logotherapie, Viktor Frankl, drückt es wie folgt aus: „Ich muss mir von mir selbst nicht alles gefallen lassen!“ Meiner Lebenslage muss ich mich nicht unterwerfen – ich kann Stellung beziehen. Ich kann mir die Frage stellen: Was gibt mir dennoch Grund zu Glück und Seligkeit? Und das Gute ist: Alleine muss ich das nicht schaffen, ich habe Gott immer an meiner Seite. Frage ich ihn doch, welche Perspektive er in meiner Situation sieht! Und wenn ich auch nur spüre: Mit ihm an meiner Seite stehe ich es durch! Glücklich bin ich, denn er ist an meiner Seite! Glücklich bin ich, denn er hat Hoffnung für mich!

Tassenspiritualität

Kaffee oder Tee trinken und beten haben für mich durchaus etwas miteinander zu tun – und zwar mehr, als dass ich beides gerne tue und es selbstverständlich zu meinem Alltag gehört.

Meine Tassen sind besonders. Alle tragen Erinnerungen in sich oder haben einen bestimmten Aufdruck, der mir etwas bedeutet. Da ist meine Teetasse von Wangerooge in schönem friesischem Blau-Weiß mit der Aufschrift: „Gott schuf die Zeit – von Eile hat er nichts gesagt." Die Tasse nutze ich besonders dann, wenn ich eine Auszeit vom Alltag brauche, einfach mal wieder mit einem Tee im Hier und Jetzt ankommen möchte. Durchatmen, an Wangerooge denken, Tee trinken. Ein Moment, in dem ich spüren darf: „Herr, wie schön ist deine Schöpfung, wie dankbar bin ich dir für all das Schöne, das mich umgibt."

Dann ist da der große Coffee-to-go Becher mit der Aufschrift: „Herr, gib mir Geduld, aber zackig." Eine Tasse, die ich dann nutze, wenn ich ein bisschen Ironie gut gebrauchen kann, wenn es gerade kompliziert ist und ich mich sehne nach einem Augenzwinkern, das Distanz schafft. Über die Situation lachen können, hilft ungemein.

Dann sind da meine beiden Steinguttassen, die ich von mir besonders lieben Menschen geschenkt bekommen habe. Eine mit einem waagerechten Henkel – die lädt ein, die Tasse zu umarmen. Tassen, die ich vor allem dann nutze, wenn mir innerlich und äußerlich kalt ist und ich ein wenig Wärme brauche. Tassen der Dankbarkeit für die Menschen, die mir an die Seite gestellt sind.

Dann ist da noch die Tasse mit dem Aufdruck „Streu Glitzer drauf" – ein kurzes Stoßgebet: „Herr, schenke der Situation doch ein bisschen Glanz und Licht; gib du deine Liebe und Schönheit dazu!" Oder manchmal auch der Auftrag Gottes: „Marie-Pasquale, tu deinen Part, die Situation zu gestalten; gib Gutes hinzu, keine Dunkelheit, sondern funkelnde Freude!"

Und meine neusten Errungenschaften: Espressotassen mit dem Aufdruck „Jetzt ist die beste Zeit!". Am Anfang dachte ich: Super Spruch, Espresso trinke ich eh am häufigsten in so kleinen „Alltagsfeiermomenten" oder an Sonntagen oder um ein bisschen Zeit mit einer Mitschwester richtig zu genießen. Mittlerweile merke ich allerdings: Ich liebe es, die Tasse gerade dann zu nutzen, wenn ich innerlich eher die Augenbraue hochziehen möchte: „Die beste Zeit? Jetzt? Ernsthaft?" Der Spruch motiviert mich zu schauen, warum es denn doch gerade eine wirklich gute Zeit ist. „Herr, schenke mir die Kraft, mich nicht entmutigen zu lassen, sondern den Blick zu behalten für all das Gute um mich herum, für dich, den Guten!"

Und so wird der Kaffee oder Tee zum Gebet, zum kleinen Moment im Alltag wo Gott hindurchscheinen kann. Gebet kann in allen Alltagsvollzügen geschehen: Beim Kaffee, auf dem Weg zur Arbeit, bei der Essensvorbereitung ... Auch das Zähneputzen kann zum Gebet werden, wenn ich mich mit Gott verbinde, mich an ihn wende: Herr schenke mir doch heute ein Lächeln für die Menschen, die mir begegnen!

Welche Gegenstände erinnern dich im Alltag an Gott? Was bringt in dir kleine Gebete hervor, seien es Bitten oder Dank?

Menschenfurcht

„Darum fürchtet euch nicht vor [den Menschen]! Denn nichts ist verhüllt, was nicht enthüllt wird, und nichts ist verborgen, was nicht bekannt wird. Was ich euch im Dunkeln sage, davon redet im Licht, und was man euch ins Ohr flüstert, das verkündet auf den Dächern! Fürchtet euch nicht vor denen, die den Leib töten, die Seele aber nicht töten können, sondern fürchtet euch eher vor dem, der Seele und Leib in der Hölle verderben kann! Verkauft man nicht zwei Spatzen für einen Pfennig? Und doch fällt keiner von ihnen zur Erde ohne den Willen eures Vaters. Bei euch aber sind sogar die Haare auf dem Kopf alle gezählt. Fürchtet euch also nicht! Ihr seid mehr wert als viele Spatzen. Jeder, der sich vor den Menschen zu mir bekennt, zu dem werde auch ich mich vor meinem Vater im Himmel bekennen. Wer mich aber vor den Menschen verleugnet, den werde auch ich vor meinem Vater im Himmel verleugnen.“
(Mt 10,26–33)

„Fürchtet euch nicht vor den Menschen!“, ruft uns Jesus entgegen. Ein Satz, der mir viel bedeutet. Als Kind und Jugendliche hatte ich durchaus eine gewisse Menschenfurcht: Angst, abgelehnt zu werden, etwas falsch zu machen, mich unangebracht zu verhalten. Das hat manchmal auch lustige Stilblüten getrieben: Aus der Bäckerei habe ich einmal zwölf statt zwei Brötchen mitgebracht. Die Verkäuferin hatte mich falsch verstanden und ich mich nicht getraut, das Ganze richtigzustellen. Es kam immer mal wieder vor, dass ich anderen mit Vorsicht und Misstrauen begegnete.

Ein wenig geändert hat es sich – da war ich 17 –, als ich im Beten verstand: Jesus liebt mich ja, mich! Und wenn das stimmt, wenn er mich persönlich meint, warum habe ich dann so eine Angst? Ich habe doch immer jemanden, der für mich ist. Und wenn er schon für mich ist, mich liebt, was kann mir denn dann passieren? Mit dieser Erkenntnis war meine Angst nicht völlig weg, aber es ging in eine andere Richtung, Schritt für Schritt konnte ein neuer Mut wachsen, aus der Gewissheit, dass er für mich da ist. Und so konnte ich anderen mit einem zaghaften Vertrauen begegnen und immer weiter darin wachsen.

Wir haben letztlich keinen Grund zur Menschenfurcht. Gehe ich ihr auf den Grund, dann entlarvt sich dahinter letztlich die Angst, dass es keine Gerechtigkeit gibt, dass man nicht gut mit mir umgeht und nicht für mich gesorgt wird. Doch es gibt Gerechtigkeit. Gott sieht das Unrecht. Wenn mir auch Unrecht geschieht, das nicht gesehen wird, wenn nicht gehandelt wird und das Unrecht bestehen bleibt: Gott sieht es, bei ihm ist es offenbar. Kann es der andere auch vor anderen Menschen verbergen: Vor Gott bleibt nichts verborgen! Und Gott sorgt für mich. „Sogar die Haare auf dem Kopf sind alle gezählt", haben wir im Evangelium gehört. Was für ein Bild von Sorge. Haare zählen – eine unmachbare Sisyphusarbeit. Und einmal zählen und fertigwerden, wenn das überhaupt ginge, ist nicht: Habe ich gezählt, sind schon längst wieder Haare ausgefallen. Bleibe ich in dem Bild, dann heißt das, dass Gott mich stets, jeden Moment, komplett im Blick hat, mit Haut und Haar.

„Seid darum ohne Furcht!“ Wir haben wirklich keinen Grund zur Furcht. Dennoch: So leicht ist es dann leider manchmal doch nicht. Wären wir nicht immer auch dieser Furcht ausgesetzt, diesem Zweifel am Guten, dann müsste Jesus nicht darüber sprechen. Er kennt diese Seite an uns, er sieht sie. Ich muss mich nicht schämen für meine Ängste: In der Regel sind sie Folge von Verletzungen und künden von einer Sehnsucht nach einem guten Miteinander, von einer Sehnsucht nach Vertrauen und Geborgenheit. Je größer die Sehnsucht, desto fragiler ist auch der Blick auf sie. Menschenfurcht spiegelt eine große Sehnsucht nach dem anderen. Nichts, was ich mir vorwerfen müsste. Doch Jesus möchte uns von dieser Kehrseite befreien: Du kannst die Liebe leben, ohne die Angst vor der Nichterfüllung zu hochzusetzen. Denn Gottes Liebe und Sorge ist dir sicher und mit ihm kannst du ruhig etwas wagen!

Vielleicht hilft es mich statt auf die Angst auf die Freude an Gottes Sorge um mich zu fokussieren: Weg von der Angst, hin zum Grund meiner Furchtlosigkeit.

Personality im Kamelhaarmantel

Da ist dieser Mann, von dem man hört, dass er mit Kamelhaarmantel durch die Wüste zieht und Umkehr predigt. Schräge Type, ernährt sich von wildem Honig und Heuschrecken und fastet. Wirkt ziemlich exzentrisch, alternativ, extrem. Das zieht die Leute an. Sie werden aufmerksam auf das, was er zu sagen hat. Viele lassen sich taufen. Ob Elisabet und Zacharias damit gerechnet haben, dass ihr Sohn einmal so dastehen wird?

Johannes hält den Mund nicht, prangert an, wenn er Unrecht erlebt. Letztlich kostet ihn das sein Leben: Immer wieder sagt er öffentlich, wie unrecht es sei, dass Herodes seine erste Frau verließ, um seine Schwägerin zu heiraten. Sein Leben endet mit diesem gewaltsamen Tod – er hat im wahrsten Sinne des Wortes für die Wahrheit seinen Kopf riskiert. Man kann seinen Eltern nur wünschen, dass sie das nicht mehr mitbekommen mussten.

Mich fasziniert an Johannes dem Täufer vor allem sein Satz: „Er, Jesus, muss wachsen, ich aber muss abnehmen." (Joh 3,30) Johannes ist der Vorbereiter, der Wegbereiter, die One-Man-Vorgruppe. Um ihn geht es nicht. Sein Leben ist bestimmt, um auf einen anderen hinzuweisen. Er ist die absolute Nummer zwei – und nicht einmal das: Er hat seinen Job erledigt, wenn sie Jesus erkennen. Ein bisschen wie ein Wedding-Planer – für den Anlass an sich tritt er selbst absolut in den Hintergrund, aber mit Feuereifer bereitet er alles vor.

Was mich an ihm so fasziniert, ist nicht primär das Wegbereitersein, sondern seine Art, wie er Wegbereiter ist:

Er tritt mit voller Kante auf, keinesfalls blass, sondern prägnant klar, mit *personality*. Johannes zeigt: Ich kann Rampensau sein, ohne für mich Rampensau zu sein. Ich kann voll und ganz darin aufgehen, mit all meinen Eigenarten und Ecken und Kanten für jemanden den Weg zu bereiten. Er zeigt die Kraft, die ich darin entwickeln kann, wenn ich mich in Dienst nehmen lassen. Hingabe und Indienstnahme haben nichts mit einer Selbstaufgabe im Sinne von Blass- und Austauschbarwerden zu tun. Sich in Dienst nehmen lassen heißt: Mein ganzes Wesen, meine ganze Kreativität, meine ganze Persönlichkeit, nutze ich für den anderen, für das größere Ganze. Wie froh bin ich über diese Persönlichkeit des Johannes, die mich immer wieder mahnt: Du musst nicht anders sein, als du bist, aber was du bist, das nutze, um ihn immer größer werden zu lassen.

Kirchenfürstinnen

Es gibt im liturgischen Kalender das Hochfest der Kirchenfürsten Peter und Paul. Zwei Gestalten, die voll Eifer für die junge Kirche eingetreten sind: Petrus, der vor Ort die Gemeinde prägte, Jesus noch kannte und so manche Auseinandersetzung und Klärung mit ihm hatte. Und Paulus, der das Evangelium in die Welt getragen hat und Jesus erst nach der Auferstehung das erste Mal in einer Vision sah. Zwei wichtige, aber sehr unterschiedliche Charaktere. Eins sind sie in ihrer Konzentration auf das Evangelium. Doch das leben sie ganz unterschiedlich. Petrus, der die stete Bekehrung braucht, immer mal wieder strauchelt und sich neu bekehrt. Der, der voller Eifer folgt, dann aber doch verleugnet, der von Jesus zu tiefer Liebe gerufen wird, jedoch nicht einstimmen kann – und doch sagt Jesus ihm: „Weide meine Lämmer." Und Paulus, der sich in einem einzigen Moment vollkommen verändert und vom Saulus zum Paulus wird. Der zunächst die Christen mit aller Härte verfolgte. Und dann vom einen Moment zum anderen mit ebenso viel Kraft dafür arbeitet, dass das Christentum sich immer weiter ausbreitet. Bekehrung mit „Knalleffekt" – ein Typ des „Ganz-oder-gar-nicht". Zwei Gestalten, die in ihrer Unterschiedlichkeit zeigen, dass es in der Nachfolge nicht um Uniformität geht.

Zwei Kirchenfürsten feiern wir. Ich komme nicht daran vorbei, an solchen Tagen auch an all die Kirchenfürstinnen zu denken, die man in ihrer Bedeutung für die Kirche so schnell vergisst. Kirchenfürsten – klar Petrus und Paulus. Weiter schaut man oft nicht. Und dabei sind da so viele

Frauen, die genauso als Kirchenfürstinnen gefeiert werden könnten.

Denn was wäre die Kirche ohne Maria, die zugestimmt hat, Mutter Gottes zu werden, an seiner Seite blieb, egal was da kam, Zeugin der Treue zu einem einmal gesprochenen „Ja". Was wären wir ohne Maria Magdalena, die allein weinend am Grab blieb und so als Erste dem Auferstandenen gegenüberstand und die den Auftrag bekam, den Aposteln die frohe Botschaft zu überbringen? Was wäre die Kirche ohne ihren Mut und ihre Treue? Und all die anderen wichtigen Frauen in der Apostelgeschichte?

Wenn wir dann in der Kirchengeschichte weiterschauen: Was wären wir ohne die Hl. Klara, die mit Ausdauer für das Armutsprivileg und die eigene Regel gekämpft hat, die zeigen wollte, dass auch Frauen diese Form der Armut und des Gottvertrauens leben können? Was wäre die Kirche ohne eine Elisabeth von Thüringen und ihre Hingabe an die Armen? Was ohne eine Hildegard von Bingen? Was ohne eine Katharina von Sienna und ihr Eintreten für Reformen bei den Päpsten? Was wäre unser inneres Gebet ohne die Impulse einer Theresa von Ávila? Was wäre unsere Kirche ohne die Zeugniskraft einer Edith Stein? Was wären wir ohne eine Josephine Bakhita, Schutzpatronin versklavter Menschen und ihrer Befreier? Was wäre unsere Kirche ohne all die Frauen, die heute dafür einstehen, mutig ihren Glauben zu verkünden, die Reformen anmahnen und zeigen, wie wichtig auch das weibliche Zeugnis ist? Was wären wir ohne all die Kirchenfürstinnen in unserem Umfeld?

Schauen wir doch einmal auf die Menschen, die für uns Kirchenfürsten und Kirchenfürstinnen waren – und vergessen wir nicht, dass auch wir den Auftrag haben für andere Menschen zu Kirchenfürstinnen und Kirchenfürsten zu werden. Ich habe von Gott den Auftrag, meinen Glauben auch weiterzugeben und andere dazu einzuladen. Wen habe ich mit meinem Glauben geprägt? Wem habe ich Christus verkündet? Wer hat mir von Christus erzählt?

„Nicht lange danach machte sich Maria auf den Weg ins Bergland von Juda. So schnell sie konnte, ging sie in die Stadt, in der Zacharias wohnte. Sie betrat sein Haus und begrüßte Elisabet. Als Elisabet den Gruß Marias hörte, hüpfte das Kind in ihrem Leib. Da wurde Elisabet mit dem Heiligen Geist erfüllt und rief laut: ‚Du bist die gesegnetste aller Frauen, und gesegnet ist das Kind in deinem Leib! Doch wer bin ich, dass die Mutter meines Herrn zu mir kommt? In dem Augenblick, als ich deinen Gruß hörte, hüpfte das Kind vor Freude in meinem Leib. Glücklich bist du zu preisen, weil du geglaubt hast; denn was der Herr dir sagen ließ, wird sich erfüllen.' Da sagte Maria: ‚Von ganzem Herzen preise ich den Herrn, und mein Geist jubelt vor Freude über Gott, meinen Retter. Denn er hat mich, seine Dienerin, gnädig angesehen, eine geringe und unbedeutende Frau. Ja, man wird mich glücklich preisen – jetzt und in allen kommenden Generationen. Er, der Mächtige, hat Großes an mir getan. Sein Name ist heilig, und von Generation zu Generation gilt sein Erbarmen denen, die sich ihm unterstellen. Mit starkem Arm hat er seine Macht bewiesen; er hat die in alle Winde zerstreut, deren Gesinnung stolz und hochmütig ist. Er hat die Mächtigen vom Thron gestürzt und die Geringen emporgehoben. Den Hungrigen hat er die Hände mit Gutem gefüllt, und die Reichen hat er mit leeren Händen

fortgeschickt. Er hat sich seines Dieners, ‚des Volkes' Israel, angenommen, weil er sich an das erinnerte, was er unseren Vorfahren zugesagt hatte: dass er nie aufhören werde, Abraham und seinen Nachkommen Erbarmen zu erweisen.' Maria blieb etwa drei Monate bei Elisabet und kehrte dann nach Hause zurück." *(Lk 1,39-56)*

Die Begegnung zwischen Maria und Elisabet ist für mich ein Loblied auf die Freundschaft. Maria macht sich nach der Nachricht ihrer Schwangerschaft auf den Weg zu ihrer Freundin Elisabet, die ältere, erfahrenere Verwandte, selbst schwanger. Sie spürt: Ich brauche jetzt eine, die mich versteht, die mein Gefühlschaos einordnen kann. Ich brauche eine, die meine Freude versteht und sie mit mir teilt. Die mir auch ohne viele Worte ganz nah ist. Und da lohnt es sich, den ganzen Weg durchs Bergland von Judäa auf sich zu nehmen. Jetzt braucht sie nicht ihren Mann an ihrer Seite, sondern eine Freundin, die ohne Erklärungen das ganze Chaos verstehen kann. Mit welchen Gefühlen muss sie sich auf den Weg gemacht haben?

Ich kann Maria da wirklich gut verstehen. Wenn ich etwas Schönes erlebe, dann möchte ich das mit meinen Freunden und Freundinnen teilen. Ich möchte mich gemeinsam freuen. Genauso aber auch in schwierigen oder verunsichernden Situationen: Die Sorgen geteilt und ausgesprochen geht es mir einfach viel besser. Wie gut kenne ich den Moment, wie frustrierend es kurz ist, wenn man den anderen nicht erreicht – und wie unglaublich schön, wenn ich wider jede Hoffnung die Freundin direkt ans Handy bekomme. Es tut einfach gut, jemandem zu haben, mit dem man seine Empfindungen teilen kann, der

Ähnliches erlebt hat und kennt. Wie wohltuend ist es, sich verstanden zu wissen.

Nicht-geteilte Freude ist für mich nur halbe Freude. Und am allerschönsten die Momente, wo mir die Freundin das Wort aus dem Mund nimmt, weil sie weiß, was das für mich bedeutet. Es tut so gut, sich ausdrücken zu dürfen. Auch die Freuden in der Gottesbeziehung.

Maria kommt im Erzählen zu ihrem großen Loblied, dem Magnifikat. Das Gegenüber, das sie in Elisabet hat, lässt sie erst die Gänze ihrer Situation erkennen. Eine Mitschwester hat ein Bild aus Afrika mitgebracht, das ich sehr mag: Maria und Elisabet tanzen vor Freude. Füße, Hände, die ganzen Körper tanzen, sind voller Bewegung. Sie schauen sich an, zugewandt teilen sie, was sie bewegt – die Arme bewegen sich und formen quasi eine Krippe mit einem X, dem Symbol für Christus. In ihrer Freude kommt Gott zur Welt. In der Freude, im Tanz, ist er zu Hause. Ihr Tanz schenkt ihm Heimat.

Was bin ich dankbar für meine Freundschaften! Wie wunderbar und unerwartet sie doch oft entstanden sind, was für ein Geschenk des Himmels! Wie sehr wirkt Gott durch sie in meinem Leben! Ich möchte ich das Magnifikat für meine Freunde singen, als Dank, dass sie mir Gottes Gegenwart in meinem Leben zeigen. Vielleicht möchtest du ja einstimmen und Gott für die Menschen in deinem Leben danken, die dir kostbar und wertvoll sind, mit denen du gerne sein Loblied tanzt. Und vielleicht ist auch einmal Gelegenheit den Freunden zu sagen, welche Bedeutung sie in deinem Leben haben, ihnen ein Loblied auf die Freundschaft zu singen.

Gott und Fantasy

Ich liebe ab und zu ein wenig gute Fantasy. Mich entspannt es in, diese manchmal abgedrehten, fremden Welten abzutauchen. Ich finde es amüsant, wie die Charaktere durch die Verfremdungen unsere Welt charakterisieren und persiflieren. Mit acht Jahren habe ich den Herrn der Ringe verschlungen, Harry Potter war dann später angesagt und so alles Mögliche nebenher. Was mich fasziniert, ist der stete Kampf zwischen Gut und Böse in Fantasyliteratur. Das kenne ich schließlich auch, dass sowohl in mir als auch um mich herum Gut und Böse miteinander kämpfen. Und in der Fantasyliteratur gewinnt letztlich immer die gute Macht, darauf kann ich mich von Anfang an verlassen. Es erinnert mich an das Versprechen von Gott: Welches Böse auch immer in dir und um dich herum kämpft – das Ende wird gut sein; ich habe den Kampf schon entschieden.

Fantasy weist mich immer wieder einmal auf Glaubensinhalte hin. Gerade lese ich „Good Omens“ von Terry Pratchett und Neil Gaiman. Hauptfiguren sind der Dämon Crowley und der Engel Aziraphale, die sich so sehr an das Leben auf der Erde gewöhnt haben, dass sie den eigentlichen Plan, das Ende der Welt durch das Kommen des Antichrists, verhindern wollen. Die beiden haben immer wieder Dialoge an deren Ende sie sich nicht mehr sicher sind, ob der Gute denn wirklich Gutes und der Böse wirklich Böses tut. Gut und Böse verschwimmen. Mich hat es auf die Frage gebracht: Mache ich mir das Einsortieren in Gut und Böse nicht manchmal zu leicht? Hat der grimmige Zeitgenosse vielleicht Grund für seinen Grimm und ist im tiefsten Herzen doch ein ganz Guter? Und die immer Freundliche, zeigt die nicht vielleicht hintenrum ein ganz anderes Gesicht? Unterscheide ich vielleicht manchmal zu schnell, sollte nicht besser ein wenig tiefer schauen? Und teile ich bei mir nicht auch zu schnell mein Verhalten in Gut und Böse ein, ohne den nötigen Blick in die Tiefe zu wagen?

Letztens habe ich mit Mitschwestern angefangen, den Hobbit zu schauen. Mich fasziniert auch heute noch die Szene, in der die Adler kommen und die Expedition retten, mit festen Krallen zugreifen und schützen. „Wie ein Adler breitet Gott seine Fittiche aus und trägt die Menschen auf seinen Flügeln", heißt es in der Bibel. Gott schützt uns wie ein kraftvoller Adler, hält uns fest und trägt uns. Die eindrücklichen Bilder in der Hobbit-Verfilmung haben mich dieses Bild tiefer verstehen lassen.

Bücher und Filme können uns viel von Gott erzählen, wenn wir aufmerksam schauen. Die Welt ist Gottes so voll, so Alfred Delp. Gott begegnet uns immer und überall – auch beim Fantasylesen oder -schauen.

Ohne Scham

Wenn es mir nicht gut geht, wenn etwas schief läuft in meinem Leben, mit mir etwas gefühlt nicht stimmt – dann schäme ich mich in der Regel dafür. Das soll dann keiner mitbekommen. Ich versuche, es irgendwie wieder hinzubekommen, wieder klarzukommen, ohne dass jemand bemerkt, wie es mir geht. Es ist nicht angenehm, wenn da etwas nicht stimmt; ich habe Angst vor einem bewertenden oder abwertenden oder komisch mitleidigen Blick. Angst, dass die Reaktion des anderen meine Situation noch verschlechtert.

Der Frau im Evangelium mit den Blutungen (Mt 9,18–22) geht es genauso: Seit zwölf Jahren leidet sie an Blutungen, hat sicherlich schon alles ausprobiert, um sie loszuwerden. Nichts Schlimmeres konnte es damals geben. An Blutungen leiden hieß zum einen, unrein zu sein und damit aus der Gemeinschaft ein ganzes Stück ausgeschlossen zu werden, zum anderen, auch nicht schwanger werden zu können, was ein ebenso großer Makel war. Ziemlich verzweifelt muss sie gewesen sein und ganz schön schambehaftet. Da wundert es mich nicht, dass zwar ihre Sehnsucht, Jesus zu begegnen und geheilt zu werden, riesig groß war – vielleicht war er für sie so etwas wie die letzte Hoffnung auf ein gutes Leben. Und doch kann ich auch gut verstehen, dass sie sich sicherlich sehr für ihre Situation geschämt hat – sie hatte in der Gesellschaft, in Jesu Nähe, nichts zu suchen. So versucht sie es heimlich, schleicht sich von hinten heran und berührt sein Gewand, in der Hoffnung, dass allein diese Berührung heilen möge.

Jesus reagiert grandios. Er spürt die Berührung, dreht sich um: „Hab keine Angst, meine Tochter, dein Glaube hat dir geholfen.“ Und die Frau war geheilt. Jesus nimmt ihr die Scham – er spricht nicht über ihr Leiden, stellt sie in der Öffentlichkeit nicht bloß – aber er lässt die Heilung auch nicht in der Heimlichkeit. Er möchte ihr zeigen, dass sie sich nicht schämen muss. Wo sie sich nicht traut, ihn anzuschauen und anzusprechen, schaut er sie an und spricht sie an. Sein Blick soll ihr die Scham nehmen: Du darfst zu mir kommen, du darfst mich berühren, ich ekele mich nicht vor deiner Unreinheit, auch wenn du dich vielleicht so fühlst. Du hast keinen Grund zu glauben, man müsste sich vor dir ekeln oder du dürftest nicht hier sein. Ich schaue dich an, weil ich dich liebe, weil ich deine Heilung möchte.

Fühlen wir uns in unserer Gottesbeziehung abgewertet oder verurteilend angeblickt, dann dürfen wir uns sicher sein: Das ist nicht Gottes Blick auf uns! Er taxiert uns nicht und möchte nicht das Gefühl hinterlassen, seinem Blick nicht zu genügen. Sein Blick ist ein liebevoller Blick, voller Achtung für uns, sein Blick ist einer, der stets unseren Blick sucht. Ein Text aus dem Buch Hosea bringt diesen Blick Gottes wunderbar auf den Punkt: „Ich verlobe dich mir auf ewig; ich verlobe dich mir um den Brautpreis von Gerechtigkeit und Recht, von Liebe und Erbarmen, ich verlobe dich mir um den Brautpreis der Treue.“ (Hos 2,21f)

Gott schaut mich an wie ein Bräutigam, voll Liebe und Versprechen von ewiger Treue. Gott steht zu seinem Versprechen. Und er ist der stete Bräutigam: Es ist nicht nur eine Phase tiefer Verliebtheit, sondern jeden Tag aufs Neue begegnet er mir in dieser Treue und Liebe des Bräutigams. Mit diesen Augen, die mich voller Freude anblicken, möchte er mir tagtäglich begegnen. Sein Blick ist ein Blick, der mir meine Scham nehmen möchte. Sein Blick ist ein Blick, in dem ich erkennen kann: Ich fühle mich nie von dir gestört; ich habe dich erwartet, voll Sehnsucht.

Dach über der Seele

Home, sweet home! Ich mag mein Zimmer, fühle mich sehr wohl zu Hause. Ich räume gerne auf und dekoriere gerne. Und mag es, gemütlich im Sessel ein Buch zu lesen. Und doch: Irgendwann gibt es auch bei mir den Zeitpunkt, wo ich denke: Jetzt ist's schön auch mal wieder aus dem Zimmer rauszukommen! Bei allem *home sweet home*: Richtig schön wird's nach einem Tag draußen! Oder auch nach einem Urlaub. So schön es auch war und so sehr ich den anderen Ort genossen habe: Es ist schön die Tür zum eigenen Zimmer wieder aufzumachen und wieder seinen eigenen Raum zu haben.

Der Hl. Franziskus war in seinen Armutsansprüchen manchmal schon extrem. Als er sah, wie die Brüder sich eine feste Unterkunft bauen wollten, sorgte er dafür, dass sie schnell wieder abgebaut wurde. Er wollte ganz frei für die Verkündigung bleiben. Die Brüder übernachteten zum Beispiel einfach in verlassenen Ställen. Franziskus wollte sich nicht an Eigentum binden, daran nicht die Freiheit verlieren.

Und doch erkannte er, dass die Brüder Heimat brauchten, gerade weil sie den ganzen Tag bei den Armen waren und ihnen ein Stück Heimat geben wollten. In Rivotorto, einer kleinen Scheune, in der die Brüder übernachteten, bis ein Bauer sie für seinen Esel nutzen wollte, schnitzte er die Namen seiner Brüder in die Balken, damit sie einen Ort hatten, der ihrer war. In aller Bescheidenheit, Schlichtheit und Armseligkeit, aber ihr Ort, die eine Ecke, wo kein anderer etwas zu suchen hat.

Was für eine rührende Geste: Hier ist ein Ort, nur für dich, ich habe an dich gedacht! Ich habe mir die Zeit genommen deinen Namen für dich einzugravieren.

Mehr als ein Dach über dem Kopf schenkt diese Geste ein Dach über der Seele. Franziskus zeigt seinen Brüdern mit der Geste, dass Heimat nicht daran hängt, wie viel Platz ich zur Verfügung habe, sondern daran, ob jemand da ist, der an mich denkt und für mich sorgt.

Was ist mir ein Dach über der Seele? Oder wer ist mir ein Dach über der Seele? Und wer könnte es gerade gut gebrauchen, dass ich seinen Namen in den Balken schnitze?

Sein Leben geben

Im Evangelium hören wir, wie Jesus zu seinen Jüngern sagt: „Das ist mein Gebot, dass ihr einander liebt, wie ich euch geliebt habe. Es gibt keine größere Liebe, als wenn einer sein Leben für seine Freunde hingibt!“ (Joh 15,12f)
Puh, ein Satz, der große Ansprüche stellt. Ob ich zu so einer Liebe fähig wäre? „Liebt einander, wie ich euch geliebt habe.“ Ja, mit dem Satz kann ich noch umgehen. Aber mein Leben geben? Ich bin mir da nicht sicher. Dann erinnere ich mich aber an Situationen, wo ich in meinem Umfeld genau das erlebt habe.

Da denke ich daran, wie wir als Kinder im Wald in einer Hütte aus allen möglichen Gräsern, Blättern und Nudeln eine Nudelsuppe gekocht haben. Wir haben sie Oma zum Probieren gegeben. Ich gehe einmal davon aus, dass sie nur so getan hat, als würde sie sie essen: Gemerkt haben wir das als Kinder nicht. Sie hat uns nicht groß erklärt, dass das doch nicht geht, Nudeln verschwendet werden oder sonst was, sondern hat unser Geschenk angenommen, sich bedankt für unsere Mühe und getan als würde es ihr schmecken.

Da denke ich an eine Bekannte, der das Auto bei Eis schlitterte – auf der einen Seite einige Kinder, auf der anderen ein Abhang und sie steuerte bewusst auf den Abhang zu: Lieber sterbe ich, als dass ich die Kinder überfahre.

Oder ich denke an das kleine Mädchen, das ein adoptiertes Geschwisterchen bekam, das aus seiner Situation heraus alle Aufmerksamkeit beanspruchte, sodass das Mädchen sehr zurückstecken musste. Sie war jedoch nicht sauer, sondern sagte: „Er ist jetzt mein Bruder, ich bin schon geliebt worden, jetzt braucht er das.“

Und wenn ich so ins Nachdenken komme, dann fallen mir auch die vielen kleinen Situationen ein: Die Mutter, der Vater, die lange auf eigene Hobbies verzichten, wenn die Kinder klein sind. Die Freunde, die auf die freie Zeit verzichten, um beim Umzug zu helfen. Die Flüchtlingsfamilie, die viel von ihrem Wenigen gibt, um Gastfreundschaft zu leben. Sein Leben geben für die Freunde, das fängt nicht erst beim physischen Sterben an, sondern in dem Moment, wo ich meinen eigenen Wunsch und meine Bequemlichkeit sterben lassen für das Leben anderer Menschen, diese kleinen Tode im Alltag, wo ich meine Vorstellungen fallen lasse für das größere Ganze.

In den Momenten, in denen mir das gelingt, fühle ich mich besser, als wenn ich meinen Wunsch durchgesetzt hätte. Das „Für den anderen“ hat meist eine größere Freude als das „Für mich“, weil gerade darin die für mich größte Freude liegt, so absurd das klingt: das Lächeln und die Dankbarkeit der anderen erreicht mein Herz tiefer als das Durchsetzen meines Willens. Sterben wir doch heute diese kleinen Tode ganz bewusst, um zu spüren, wie sehr wir darin leben!

Schutzmantelmadonna

In meinem Fenster hängt ein Fensterbild mit einer Schutzmantelmadonna, sodass das Licht hindurchstrahlen kann. Ihren Mantel hält sie weit geöffnet für all die Menschen, die sie darunter beherbergt. Sie gibt so den Blick auf die Menschen darunter frei – man kann sich aber auch vorstellen, wie sie bei Gefahr oder Bedrohung schnell den Mantel vor ihrer Brust schließt und so die Menschen nicht mehr zu sehen sind, geschützt unter ihrem Mantel. Sie bewegt sich ein bisschen nach vorne, als würde sie noch mehr Platz hinter ihrem Rücken schaffen wollen.

Aus meiner Heimatgemeinde kenne ich eine geschnitzte Schutzmantelmadonna. Die Künstlerin hat ihr bekannte Menschen aus der Stadt in den Mantel hineingeschnitzt. Und so, aus dieser Erfahrung, lädt mich meine Fenster-Maria ein, immer mal wieder im Tagesablauf, wenn ich aus dem Fenster schaue, gedanklich Menschen in ihren Schutzmantel zu zeichnen. In meinem Beruf sitze ich oft für Vorbereitungen am Schreibtisch. Und zwischendrin tut es gut, die Menschen, die mir den Tag über begegnen und ihre Sorgen und Nöte anvertrauen, in Marias Mantel hineinzugeben.

Doch warum Menschen gerade unter Marias Schutz stellen? Theologisch kann man das nicht besonders begründen – biblisch gibt es da keine Überlieferung und man kann sich fragen, warum ich den anderen denn nicht direkt Gott anvertrauen soll. Da spricht nichts dagegen, ganz im Gegenteil. Die Schutzmantelmadonna hat sich in der Frömmigkeit wohl so weit ausgebreitet, weil sie Gefühle anspricht: Sie verbildlicht besonders wohltuend die mütterliche Sorge Gottes. Man sieht den zärtlichen Schutz, den Gott schenkt. Und so tut es gut, gerade in bedrohlichen Situationen, diese so unmittelbar ansprechende Ebene zu haben. Sie ist mir Bild für den mütterlichen Beistand Gottes, Bild für seine Sanftheit und seinen verteidigenden Schutz. Und Maria selbst als Person ist für mich eine, die in ihrem Leben gut aushalten und durchhalten konnte, die eine immense Stärke und Klarheit gezeigt hat. Maria hatte es nicht leicht und musste viele Herausforderungen durchleben. Sie ist den Herausforderungen nicht aus dem Weg gegangen, sondern hat durchgehalten, weil sie sich von Gott gesegnet wusste. So jemandem vertraue ich mich gerne an – und so jemandem vertraue ich gerne Menschen an, die mir am Herzen liegen.

Superman!

Als es mir einmal nicht gut ging, schenkte mir eine Mitschwester eine Postkarte. Darauf ein Kind in selbstgemachtem Superman-Kostüm, mit ausgestreckter Siegerfaust, im Hintergrund der Schriftzug: „Du bist super!“ Eine kleine Mutmacher-Karte zur Unterstützung, die immer noch an meiner Pinnwand hängt.

So ein Superman-Kostüm könnte einem manchmal wirklich guttun: Da hat man nicht gut geschlafen, aber einen wichtigen Termin; da hat man sich gerade mit jemandem gestritten und dann muss man professionell daherkommen; da hat man ein Gespräch vor sich, wo man nicht weiß, wie es gut gehen kann; da fühlt man sich kraftlos und überfordert.

Im Römerbrief heißt es: „Darum lasst uns ablegen die Werke der Finsternis und anlegen die Waffen des Lichts!“ (Röm 13,2) Paulus ermutigt, sich mit dem Licht zu bekleiden und auszurüsten und die Dunkelheiten hinter sich zu lassen, die uns umgeben. Und im Galaterbrief heißt es gar: „Durch eure Taufe habt ihr ein neues Gewand, nämlich Christus selbst, angezogen.“ (Gal 3,26)
Was würde sich ändern, wenn ich morgens beim Anziehen bewusst sprechen würde: „Christus, dich ziehe ich an, mit deinem Vertrauen, deiner Kraft und deiner Liebe möchte ich mich bekleiden!“ Oder wenn ich vor einem Termin noch einmal kurz mein Äußeres checken und mir sagen würde: „Christus, in dich hülle ich mich ein!“

Mit meiner Taufe habe ich Christus selbst als Gewand angelegt – gehe ich doch mit diesem Vertrauen durch den

Tag: Er kleidet mich in Gewänder des Heils – und das ist noch viel besser als das imaginäre Superman-Kostüm, weil Jesus eben keine Verkleidung ist, sondern mir unter die Haut geht. Jesus ziehe ich nicht nur „einmal kurz" an und schlüpfe in eine Rolle. Jesus möchte mit seiner Haut zu meiner Haut werden und zwar nicht als Kostüm, sondern als mein Wesen.

Himmel auf Erden

Der Kletterbaum bei meiner Oma auf dem Hof, wo ich mit meiner Schwester und Cousins und Cousinen immer wieder schaute, wie hoch wir kommen; die Mentos, die es immer aus Omas Schürzentasche gab; die Nudelbolognese meiner Mutter; das Autofahren auf dem Schoß meines Vaters am Strand von Rømø; Federballspielen mit meiner Schwester und den Nachbarn; die für mich genähten Kleider meiner Patentante und ihre Großherzigkeit, mit mir zu Konzerten zu gehen, die sie gar nicht so mochte – ich könnte immer so weiter machen: himmlische Erinnerungen an meine Kindheit. Ja, Himmel auf Erden! Erinnerungen, die ich noch heute ganz präsent habe: Ich spüre noch das gefühlt gewagte In-die-Kurven-Gehen am Strand, rieche die Nudelbolognese, erinnere mich an das Kribbeln beim Anprobieren der Kleider. Momente, die mich automatisch zum Lächeln bringen und die eine ganz besondere Wärme auslösen.

Heute gibt es diese Momente auch, wenn ich auch manchmal dazu neige, sie zu übersehen oder sie in der Geschäftigkeit des Alltags verschwinden.

Spontan stelle ich mit einer Mitschwester fest: Wir haben gerade beide Zeit – und es gibt einen wunderschönen Abend mit langen Gesprächen und einer Flasche Wein. Oder eine Mitschwester und ich haben gleichzeitig die gleiche Idee und es „fluppt" einfach so im Entwickeln. Da steht plötzlich mein Lieblingsessen statt des angekündigten im Buffet. Ich sehe oder höre jemanden nach langer Zeit wieder und merke: Die Nähe ist noch da! Kurz kommt vor einer Predigt doch noch die zündende Idee, jemand bedankt sich für etwas in genau so einem Moment, in dem ich Aufmunterung brauche. Einfach die Momente, wenn ich spüre: Zur rechten Zeit ist jemand da! Ja, und manchmal ist ein himmlischer Moment schon ein guter Kaffee!

Himmlische Momente sind für mich Momente, in denen ich vom Leben beschenkt werde, in denen etwas Schönes ganz unverdient auf mich zukommt, wo ich Schönheit, Freude und Liebe erlebe, die ich nicht selbst machen kann. Himmlische Momente, die Momente, in denen ich spüre: Da ist ein Gott, der mich mit all seinem Reichtum beschenkt. Die größten Dinge sind unverfügbar, ein Geschenk.

Bin ich doch heute einmal aufmerksam für all den Himmel, der mich umgibt – und vielleicht kommt mir ja eine Idee, wie ich jemandem ein bisschen Himmel auf Erden bereiten kann. Ich wünsche dir heute ganz viele Momente, in denen du fröhlich seufzend sagen kannst: einfach himmlisch!

Wallfahrten

Schon im Alten Testament machten die Menschen Wallfahrten. Mit den Wallfahrtspsalmen gibt es eine extra Gattung Lieder nur zu diesem Zweck: Loblieder auf Gott, die man meist auf dem Weg zum Tempel gesungen hat. Die Tradition der Wallfahrten zeigt, dass es so etwas wie heilige Orte gibt, Orte, an denen die Gegenwart Gottes besonders spürbar wird. Das kenne ich von mir auch: Es gibt Orte, die mich wie von selbst offener machen, um mich auf Gott einzulassen. Orte mit einer besonderen Ausstrahlung, wo ich spüre: Hier kann ich richtig gut sein! Hier ist heiliger Boden! Erklären kann man oft nicht, was dieser Ort Besonderes hat. Es muss gar nicht zwangsläufig ein besonders schöner Ort sein, doch er muss eine Atmosphäre haben, die positiv auf meine innere Atmosphäre einwirkt. Als würde der Ort etwas in mir ins Gleichgewicht bringen, das vorher wankte.

Ich bin kein Fan von klassischen Wallfahrten – Wallfahrtslieder, Fahnen und Banner sind nicht meine Welt und Massenveranstaltungen erst recht nicht. Da fühle ich mich unwohl und zu viel scheint mich abzulenken. Da spüre ich das innere Gleichgeweicht nicht.

Doch auf dem Weg sein, gehen und beim Gehen beten – das ist mir etwas ganz Wichtiges. Beim Gehen kommt so einiges im Inneren in Gang. Manches Verhärtete kann sich im Gehen lösen. Im Gehen bin ich lebendig, spüre mich eingebunden in die Natur und merke, ganz physisch: Es geht weiter. Was auch ist, der nächste Schritt geht immer. Der nächste Schritt ist keine Überforderung. Schwierig wird es erst, wenn ich schon am Ziel sein will. Habe ich einen schlechten Tag, dann weiß ich ganz genau: Eine Runde gehen wird mir helfen den Kopf klar zu bekommen, durchzuatmen und wieder ins Gleichgewicht zu gelangen.

Gehen ist für mich eine wunderschöne Form zu beten. Eine Form, in der ich mich als kleiner Bestandteil der Schöpfung erfahre, aber aktiv bin, fortschreite und gestalte. Im kontinuierlichen Schritttempo fügen sich *actio* (das Tun) und *contemplatio* (die Betrachtung) zusammen. Und so komme ich in eine Ruhe, die mich tiefer zu Gott führt. Der Jakobsweg ist in aller Munde, viele Menschen, auch ohne religiöse Motive, machen sich auf den Weg. Früher war sicherlich das Ziel wichtig: Zum Grab des Hl. Jakobus zu gelangen, diesen „lauten" Heiligen, der mit aller Kraft und Stärke für seinen Glauben einstand. Um seinen Beistand zu bitten, war attraktiv. Jakobus, der „Donnersohn", war ein so Lauter, dass er bereits im Jahre 44 als erster Apostel hingerichtet wurde. Die Spanier suchten sich diesen cholerischen Heiligen sogar als Patron der *Reconquista*, der Rückeroberung der Iberischen Halbinsel von den Muslimen. Heute geht es, denke ich, wenigen darum, an das Grab des Apostels zu treten, sondern die Motivation besteht eher darin, dass auf dem Weg etwas in Gang kommen mag und dass ich mich, mein Leben, meinen Glauben besser verstehe und erfahre.

Im Unterwegssein eröffnen sich mir neue Horizonte, innerlich und äußerlich. Ich brauche mir gar kein Thema für einen Weg zu setzen. Es reicht einfach loszugehen, in der Bereitschaft mich von Gott führen zu lassen.

Maria Magdalena – Apostelin der Apostel

Maria Magdalena wird ganz zu Recht als die Apostelin der Apostel bezeichnet. In der Ostkirche ist das schon seit langem so. Die westliche Kirche hat sich lange zurückgehalten und das Bild von Maria Magdalena war eher das der reuigen Sünderin, der Ex-Prostituierten. Von der westlichen Kirche wurde Maria Magdalena erst vor wenigen Jahren von Papst Franziskus rehabilitiert und offiziell zur Apostelin der Apostel erhoben und damit im Festkalender den zwölf Jüngern letztlich gleichgesetzt. In der Ostkirche wurde und wird Maria Magdalena als Verkündigerin verehrt, in der Westkirche war ihr Bild, auch künstlerisch, erotisch stark verfärbt.

Schaut man auf den biblischen Befund, dann stellt man folgendes fest: Maria Magdalena wird in den Evangelien zwölf Mal erwähnt, öfter als manche Apostel. Sie wird zu einer begeisterten und treuen Nachfolgerin, weil Jesus sie von ihren sieben Dämonen befreite. Von Prostitution ist in der Bibel nie die Rede – das ist wohl eher unsere Dämonisierung von Sexualität. Von Dämonen besessen zu sein, kann sehr gut bedeuten, dass sie einfach psychosomatische Störungen gehabt hat, die durch Jesu Heilung geheilt wurden. Die Heilung brachte sie in eine Weite und Freude, die auch zu einer besonderen Christusliebe führte. Jesus hat ihr ein neues Leben eröffnet und so blieb sie in seiner Nähe, blieb sogar dann, als Jesus hingerichtet wurde. Sie gibt ihre Liebe nicht auf – sie geht zum Grab, sieht, dass es leer ist und gibt den Aposteln Bescheid. Dann aber geht sie wieder zurück zum Grab und bleibt dort, beweint den

Verlust. Sie bleibt Jesus und den gemachten Erfahrungen treu.

Diese Treue, dieses Rechnen mit der Gegenwart Gottes macht es Maria Magdalena möglich, als erste den auferstandenen Christus zu sehen. Zunächst erkennt sie ihn nicht, glaubt er sei der Gärtner. Als er sie dann mit ihrem Namen anspricht und damit ihre Beziehung thematisiert, erkennt sie ihn, und tut es ihm gleich, indem sie ihn ebenso anspricht: „*Rabbuni* (Meister)!" Sie liebte den ganz konkreten Jesus aus ihren alltäglichen Erfahrungen mit ihm so, dass sie nun auch den Auferstandenen erkennen kann. Doch der Schritt in die neue Beziehungsgestalt fällt ihr nicht leicht. Sie möchte ihn berühren, doch Jesus Christus greift ein: „Halt mich nicht fest!" Er weist sie sicherlich nicht zurück, weil er nicht möchte, dass sie ihn berührt, sondern er möchte sie aufmerksam auf die neue Liebesqualität machen. Jesus, der Christus. Jesus, der nicht mehr festgehalten werden muss, weil er als Christus immer da ist und da sein wird.

Maria Magdalena kann uns Vorbild sein: Ich kann mich immer und überall von Jesus Christus beim Namen rufen lassen, ich muss ihn nicht festhalten, weil er immer da ist. Und die Kraft zur Verkündigung erwächst genau daraus, aus diesem einfachen Hören darauf, wie Jesus Christus mich mit meinem Namen ruft. In diesem Blick und Wort liegt alles, was es braucht. Er spricht mich an, ich spreche ihn an und diese Liebe, sie ist es, die mich trägt.

Kein „Strenger Richter aller Sünder“

„Strenger Richter aller Sünder“ – so hieß ein Kirchenlied zu meinen Kindertagen. Ein Gottesbild, das mir theologisch fremd ist. Gott ist für mich kein strenger Richter, dessen einzige Aufgabe darin besteht, über mein Fehlverhalten Recht zu sprechen. Und doch, unreflektiert gibt es in mir auch dieses strafende Gottesbild. Da geschieht etwas Schweres, und in mir regt sich dann doch so etwas Abstruses wie: „Ist das die Strafe Gottes? Oder zumindest sein Wille?“ Ganz tief in mir gibt es diese Frage: „Meint Gott es wirklich gut mit mir?“ Theologisch, rational und bewusst ist meine Antwort immer ein klares „Ja“: Er will nicht weniger, als dass mein Leben gelingt. Der verurteilt die Sünde, aber nie den Sünder. So klar sein „Nein“ zur Sünde ist, ebenso klar ist sein „Ja“ zum Sünder. Es liegt in seinem Wesen „für“ uns Menschen zu sein, oder wie Gott im Buch Hosea spricht: „Mein Volk verharrt in der Abkehr ... Wie könnte ich dich preisgeben ...? Gegen mich selbst wendet sich mein Herz, heftig entbrannt ist mein Mitleid. Ich will meinen glühenden Zorn nicht vollstrecken ... Denn ich bin Gott, nicht ein Mensch, der Heilige in deiner Mitte. Darum komme ich nicht in der Hitze des Zorns.“ (Hos 11,7–12) Gottes Wesen ist es, uns Menschen zu lieben, nicht richtend auf uns herabzublicken.

„Strenger Richter aller Sünder, der du uns so schrecklich drohst“ – dieses Gottesbild hat die Menschen jahrhundertelang geprägt und sie gefügig und klein gemacht. Oft ging es dabei mehr um Machtausübung als um theologische Wahrheiten.

Offiziell ist dieses Gottesbild glücklicherweise zurückgegangen – aus den Gesangbüchern ist das Lied verschwunden – gleichzeitig schlägt das Pendel mir manchmal zu sehr in die andere Richtung aus: „Wir kommen alle in den Himmel, egal, was wir tun." Das ist mir auch zu einfach, da fehlt mir der Aspekt der Gerechtigkeit. Ich wünsche mir einen Moment der Letztverantwortung, des Zur-Rechenschaft-gezogen-Werdens. Wer anderen Menschen Leid angetan hat, der soll auch Verantwortung übernehmen müssen – und wenn es im Leben nicht dazu kam, dann bitte doch in der Ewigkeit.

Die Wahrheit liegt wahrscheinlich irgendwo dazwischen. Ich stelle es mir so vor: Wenn wir sterben, dann sind wir in Gottes Gegenwart und sein liebender Blick macht es mir möglich zu erkennen, wo ich im Leben an der Liebe vorbei gelebt habe. Und dann liegt es an mir. Bin ich bereit, mich auf die Liebe einzulassen, in Gottes Fahrwasser einzutreten, oder möchte ich weiter meine Masken tragen? Ich habe die Hoffnung, dass jeder sich von seinem liebenden Blick erreichen lässt, aber die Freiheit zum „Nein" haben wir. Und ich glaube auch, dass es mir leichter fällt in seine Liebe einzuschwingen, wenn ich mich schon zu Lebzeiten in der Liebe geübt und Masken abgelegt habe.

Nicht Gott richtet, sondern ich! Mit jeder meiner Lebensentscheidungen entscheide ich mich für oder gegen die Liebe. Bei Sartre heißt es: „L'enfer c'est les autres (Die Hölle sind die anderen)!" Ich möchte den Ausspruch ergänzen mit: „Die Hölle, das bin ich!" Ich werde mir selbst zur Hölle, wenn ich mich der Liebe verschließe. Wenn ich richte, über mich oder andere.

Doch statt auf das Richten und die Sünde zu schauen, gewöhne ich mich doch lieber an seinen liebenden und barmherzigen Blick. Das Schauen auf seinen liebenden Blick vermag mich mehr zu wandeln als ein ängstlicher Blick auf meine Sündhaftigkeit. Die Sünde, die ich aus der Liebe erkenne, ist es, aus der ich am ehesten umkehren kann. Liebe motiviert zum Wandel, nicht Druck und Angst.

Portiunkula – das große Erbarmen

Zu dem kleinen Kirchlein *Portiunkula* (it.: kleines Teilchen) hatte der Hl. Franziskus eine ganz besondere Beziehung. Portiunkula war der einzige Ort, der für ihn „fest" war, den die Brüder quasi besaßen und wo er sich mit seinen Brüdern zum Kapitel traf. Sie ist das Herz der ersten Franziskaner und auch der Sterbeort des Hl. Franziskus. Sein erster Biograf, Thomas von Celano, drückt es so aus:

> *„Franziskus wusste zwar, dass an jedem Ort der Erde das Himmelreich aufgerichtet ist, und er glaubte, dass überall den Auserwählten Gottes die göttliche Gnade zuteilwerde. Aber er hatte doch erfahren, dass der Ort der Kirche Santa Maria von Portiunkula mit reicherer Gnade erfüllt und durch den Besuch himmlischer Geister häufiger ausgezeichnet worden ist. Er sagte daher oft zu den Brüdern: ‚Seht zu, meine Söhne, dass ihr diesen Ort niemals verlasst! Wenn ihr auf der einen Seite hinausgejagt werdet, geht auf der anderen wieder hinein; denn dieser Ort ist wahrhaft heilig und eine Wohnstätte Gottes. Hier hat uns der Allerhöchste vermehrt, als wir noch wenige waren; hier hat er mit dem Licht seiner Weisheit die Herzen seiner Armen erleuchtet, hier hat er mit dem Feuer seiner Liebe unseren Willen entzündet. Hier erhält* jeder, *der demütigen Herzens bittet, was er begehrt, und wer hier fehlt, wird schwerer gestraft. Deshalb, meine Söhne, haltet aller Ehre würdig den Ort der*

Wohnung Gottes und preist hier Gott aus eurem ganzen *Herzen mit Jubel und Lobgesang!'"*

Warum war dieser Ort dem Hl. Franziskus so wichtig? Beim Gebet in dem Kirchlein, heißt es, sei ihm ein Lichtstrahl erschienen. Auf dem Altar habe er Christus und zu dessen Rechten die Gottesmutter Maria und Engel gesehen. Christus habe ihm aufgetragen, beim Papst um einen vollständigen Ablass für diejenigen zu bitten, die in die Kapelle als reuige Sünder kämen. Und das ganz Unwahrscheinliche geschah tatsächlich. Einen Ablass, also die kirchliche Zusicherung der vollständigen Sündenvergebung, gab es damals eher für Menschen mit besonderen Leistungen für die Kirche, z.B. für die Teilnahme an einem Kreuzzug oder auch an ganz besonderen Orten, wie in Rom oder Jerusalem. Das kleine Kirchlein im Tal vor Assisi war viel zu unbedeutend. Doch der damalige Papst ließ sich bewegen und gestand dem Hl. Franziskus diesen Ablass für den Weihetag der Kirche, dem 2. August, zu. Bezahlt werden musste der Ablass nicht. Später dann wurde der Ablass erweitert auf alle franziskanischen Kirchen und Pfarrkirchen. Dieser Ablass gilt bis heute: Durch ehrliche Reue, Beichte, Messbesuch und ein Gebet in der Intention des Hl. Vaters kann man die Zusage der vollständigen Sündenvergebung erlangen. So kann der Hl. Franziskus bis heute an uns weitergeben, was er selbst an Barmherzigkeit in der Portiunkula erfahren hat. Ablass verbindet man schnell mit Geldmacherei, Angst und Machtmissbrauch seitens der Kirche. Eigentlich ist mit dem Ablass aber etwas ganz anderes gemeint. Manchmal braucht man Momente im Leben, wo man ganz klar weiß: Jetzt ist es wirklich wieder gut! Gott ist so barmherzig. Es ist mir ganz und gar erlaubt, neu anzufangen. Diese tiefe Liebe

Gottes, diese großartige Zusage des Neu-anfangen-Dürfens, ohne Wenn und Aber, kann ich kaum verstehen. Manchmal fällt es schwer, ihr zu glauben: „Aber das gilt doch nicht für mich!" Der Portiunkula-Ablass zeigt schwarz auf weiß: Doch, das stimmt, Gott wartet nur darauf, dich wieder in seine Arme zu schließen – es braucht nicht mehr als deine Reue und die Bereitschaft, neu anzufangen. Gottes Barmherzigkeit ist größer als die Sünde.

Braucht es dafür einen Ablass? Manchmal ja! In einer Beziehung weiß ich grundsätzlich, dass der andere mich liebt. Ich brauche nicht jeden Tag einen Post-it mit einer Liebesbotschaft auf dem Frühstückstisch. Doch manchmal gibt es diese Momente, wo ich es schwarz auf weiß und ganz klar brauche. Manchmal kommt irgendein Körnchen ins Getriebe, das das Vertrauen blockiert. Da tut es gut, wenn das „Ja" des anderen mir noch einmal ganz deutlich entgegenkommt, damit das Vertrauen wieder fließen kann. Gott bietet uns dieses „Ja" der Sündenvergebung an: Ja, ich fange neu mit dir an, egal was war! Auf ein Neues! Meine Arme sind weit offen für dich!

Wenn es plötzlich ganz hell wird …

„Sechs Tage danach nahm Jesus Petrus, Jakobus und dessen Bruder Johannes beiseite und führte sie auf einen hohen Berg. Und er wurde vor ihnen verwandelt; sein Gesicht leuchtete wie die Sonne und seine Kleider wurden weiß wie das Licht. Und siehe, es erschienen ihnen Mose und Elija und redeten mit Jesus. Und Petrus antwortete und sagte zu Jesus: Herr, es ist gut, dass wir hier sind. Wenn du willst, werde ich hier drei Hütten bauen, eine für dich, eine für Mose und eine für Elija. Noch während er redete, siehe, eine leuchtende Wolke überschattete sie und siehe, eine Stimme erscholl aus der Wolke: Dieser ist mein geliebter Sohn, an dem ich Wohlgefallen gefunden habe; auf ihn sollt ihr hören. Als die Jünger das hörten, warfen sie sich mit dem Gesicht zu Boden und fürchteten sich sehr. Da trat Jesus zu ihnen, fasste sie an und sagte: Steht auf und fürchtet euch nicht! Und als sie aufblickten, sahen sie niemanden außer Jesus allein. Während sie den Berg hinabstiegen, gebot ihnen Jesus: Erzählt niemandem von dem, was ihr gesehen habt, bis der Menschensohn von den Toten auferweckt ist!“
(Mt 17,1–9)

Es gibt sie, diese ganz besonderen Momente der Nähe zu Jesus. Momente, in denen ich sein Leuchten spüre und seine Gegenwart mir ebenso selbstverständlich wie überwältigend ist. Meistens braucht diese Nähe Momente außerhalb der gewohnten Orte oder Zeiten. Nicht umsonst ist Jesus mit den Jüngern auf den Berg gestiegen – fernab des Alltags werden sie offener für einen ganz neuen Blick auf Jesus.

Ich kenne das von mir selbst auch gut – Ort und Zeit haben viel damit zu tun, wie ich Jesus begegnen kann. Es gibt Orte außerhalb des Alltags, wo Gott besonders durchscheinen kann, ebenso wie Zeiten, die mich besonders vorbereiten. Das Beten in der Nacht mag ich sehr gerne – fernab von dem Termin, der gerade war und dem, der gleich sein wird, einfach nur in seine Stille eintreten.

Meine erste bewusste Gotteserfahrung war auch eine in der Nacht. Ich war siebzehn Jahre alt. Vorher habe ich mich zwar mit dem Glauben auseinandergesetzt, aber keine persönliche Gottesbeziehung gelebt. Ich mochte das Evangelium, vieles daran kam mir positiv richtungsweisend vor, aber eher jedoch im Sinne eines „Ratgebers für gelingendes Leben" statt der Frohen Botschaft Jesu. Das änderte sich in einer Nacht. Mit meiner Schwester war ich auf einem Angebot für Jugendliche und junge Erwachsene über die Kar- und Ostertage. Die Gespräche in der Gruppe mochte ich: Wir setzten uns mit unseren Fragen und unserem Glauben auseinander. Abends dann, im Gründonnerstagsgottesdienst, merkte ich, wie etwas in mir in Gang kam. Ich war anders da als sonst. Die Kapelle stand die ganze Nacht offen und wir waren zur Nachtanbetung eingeladen. Ja, das wollte ich gerne machen, aber bitte nicht mitten in der Nacht aufstehen, über das ganze Gelände laufen und die anderen mit meinem Aufstehen wecken. Am nächsten Morgen jedoch früher aufstehen, das konnte ich mir gerade so vorstellen und stellte mir den Wecker entsprechend. Im Bett ging mir der Taizé-Gesang „Bleibet hier und wachet mit mir" nicht mehr aus dem Ohr. Irgendwann fühlte es sich an, als wäre es Jesus Christus selbst, der mir sagte: „Bleib hier und wache mit mir, wache und bete!" Doch ich blieb dabei – ich wollte nicht jetzt schon wieder aufstehen; wenn das jemand mitbekam, würde man mich ja für überfromm halten. Ich war schlicht zu faul und zu bequem. Meine Entscheidung blieb. Es fühlte sich an, als würde mir Jesus daraufhin sagen: „Das macht nichts: ich bleibe bei dir!" Statt sauer zu sein wegen meiner Faulheit, statt beleidigt aus der Beziehung zu gehen, spürte ich seine Gegenwart umso stärker, ich spürte ihn bei mir. Mich hat das sehr berührt, diese zärtliche Liebe, die einfach sagt: Ich bleibe bei dir!

Ich habe die Nacht nicht mehr geschlafen und lag in diesem wunderbaren Gefühl wach. Diese Art, mich geliebt zu fühlen, war für mich vollkommen neu. Dennoch fragte ich mich morgens: „Und jetzt, was fange ich damit an?" Um dieser Erfahrung trauen zu können, brauchte ich den Niederschlag im Alltag. Das war für mich die Probe aufs Exempel: Die Erfahrung ist wahr, wenn sie meinen Alltag verändert, ich mutiger und selbstbewusster werde und die erlebte Liebe immer wieder durchscheint – sonst war es nicht mehr als Weihrauch und Gesang, die auf mich eingewirkt haben.

Und ja: Die Erfahrung hat meinen Alltag verändert. Es war nicht wie mit Knopfdruck alles anders, aber ich begann mutiger zu werden und mich geliebter zu fühlen. So einmalig die Erfahrung war, so sehr ist sie mir noch heute präsent und prägt mich immer noch.

Festhalten kann man solche Erfahrungen nicht, man kann ihnen letztlich keine Hütten bauen. Der göttliche Glanz ist uns in der Fülle verborgen. Doch manchmal scheint er hindurch. Und diese Momente reichen, damit sich alles ändert - die Jünger kommen anders vom Berg herab, als sie heraufgegangen sind. Ich kann nicht alltäglich in diesem Glanz leben - das wäre zu hell und würde mich in die Knie zwingen. Dafür ist der Unterschied zwischen Gott und mir zu groß. Aber zwischendurch erreicht mich dieses Licht und scheint fortan in meinem Alltag, in reduzierter Form, aber mit genügend Helligkeit, um mir den Weg zu weisen, wenn ich denn bereit bin, mich von ihm führen zu lassen.

Momente der Verklärung können wir nicht herstellen - sie sind und bleiben Gnade und Geschenk. Aber wir können uns vorbereiten und Einfallstore für ihn geöffnet halten. Mal in der Nacht aufstehen zum Beten oder mir Zeit an einem Ort nehmen, in dem ich in Stille und Abgeschiedenheit einfach sein kann - vielleicht führt es zu keinem großen lebenswandelnden Moment, doch die Abgeschiedenheit und Stille kann mich besonders bereiten, Gott zu erfahren. Ziehen wir also in der Nacht hinauf auf den Berg und geben wir dem Glanz des Himmels eine Chance, unser Leben zu durchscheinen. Gott wird meine Sehnsucht, ihm zu begegnen, sicher nicht ignorieren.

Dominikus – mit Gott oder über Gott

Den Hl. Dominikus prägte die Liebe zur Verkündigung. Nie als eine pure Lehre, sondern als konkrete, frohe Botschaft an die Menschen. Ihm ging es nicht primär um die Gelehrtheit, sondern darum, mit dem Wort Gottes die Menschen so zu erreichen, dass sie näher zu Gott geführt wurden. Eine überlieferte Geschichte zeigt dies sehr deutlich: Der junge Dominikus erlebte zu seiner Studienzeit eine schwere Hungersnot. So sehr ihm das Verstehen der Bibel ein Herzensanliegen war, ging die soziale Not für ihn deutlich vor: „Was nützen mir tote Häute zum Studium, wenn lebendige Menschen vor Hunger sterben?" Und so gab er seine Bücher weg, um die Not zu lindern.

Später zog Dominikus los, stets zu zweit, ohne Besitz, um in den Dörfern zu predigen. Ganz nach dem Vorbild Jesu, mit der Hoffnung, vor allem durch das Beispiel des einfachen Lebens aus dem Wort heraus Menschen anzusprechen. Der Erfolg blieb jedoch dürftig. Zukunftsträchtig war stattdessen die Predigttätigkeit bei den gebildeteren Schichten in den Städten und auch sein Engagement in der Bildung für Frauen und Mädchen. Dahin war Dominikus gerufen, seine Gabe der Predigt war vor allem für diese Kreise geschaffen.

Sein Lebensmotto war: „Mit Gott oder von Gott sprechen!" Thomas von Aquin, der bekannte dominikanische Theologe, formulierte diese Maxime des Dominikus für den Orden später so: „Betrachten und das Betrachtete den anderen mitteilen". „Mit Gott oder von Gott sprechen" – ich kann den Satz auch ergänzen durch: „Mit Gott oder von Gott sprechen, statt über mich zu sprechen oder statt über andere zu sprechen." Gott in den Mittelpunkt meines Redens stellen.

Worüber rede ich den Tag hindurch? Alltagsbanalitäten, Lästereien über andere, um eigene Probleme kreisen. Was stelle ich mit meinem Reden alles in den Mittelpunkt, was letztlich nicht wichtig ist, was mich nicht zu Gott, zu einem gelingenden Leben hinführt? Der Satz des Hl. Dominikus kann uns eine Richtschnur für eine gute Rede sein: Wenn ich in dem Bewusstsein spreche, dass Gott dabei ist und ich auch mit Gott spreche, wenn ich mit anderen rede, dann wird sich in meiner Kommunikation so einiges verändern. Mit Gott reden und schlecht über andere reden, das verträgt sich nicht. Genauso wenig, wie mit Gott reden und nur um sich selbst zu kreisen, ohne Blick für ihn.

Mit Gott reden oder über Gott reden – so kann ich gewiss sein, dass meine Worte Gutes bewirken, ich offen bin für Gottes Gegenwart und auch meinen Anteil dazu gebe, dass sein Wort die Menschen erreicht. Letztlich eine leichte Übung. Bevor ich meinen Mund öffne und drauflosrede, mir kurz bewusst machen: Gott ist dabei, ich rede auch zu ihm!

Klara von Assisi – Selbstbewusst in der Nachfolge

Die Hl. Klara war weit mehr als nur ein Anhängsel des Hl. Franziskus. Etwa zehn Jahre nach Franziskus wurde sie in Assisi als Adelige geboren. Die radikal arme Lebensweise des Franziskus sprach sie so sehr an, dass sie ihr Elternhaus heimlich verließ, um sich ihm anzuschließen. Franziskus wusste zunächst gar nicht, was er mit ihr anfangen sollte, da klar war, dass eine Frau nicht mit den Brüdern zusammenleben konnte. Doch die Klarheit und Bestimmtheit von Klara überzeugten ihn, mit ihr gemeinsam ihren Weg der Nachfolge zu suchen.

Im Laufe der Zeit wurde Klara immer eigenständiger und findiger dabei, auch in Klausur ein Leben nach dem Evangelium in Armut zu leben. Schnell folgten ihr andere Frauen, so sogar zwei ihrer leiblichen Schwestern und nach dem Tod des Vaters auch die Mutter. Einen wunderschönen Briefkontakt unterhielt sie mit der Klostergründerin und Heiligen Agnes von Prag, der von tiefer Freundschaft auf große Distanz zeugt. Zahlreiche Klöster nach ihrem Vorbild gründeten sich.

Klara von Assisi ist die erste Frau, die selbst eine Ordensregel geschrieben hat – wie selbstbewusst und souverän, als erste Frau andere Wege zu gehen! Während normalerweise Frauenklöster sehr reich waren – die Frauen mussten große Aussteuern mitbringen und gleichzeitig besaßen die meisten Klöster viel Eigentum, hatten Mäzene und Wohltäter – ging die Hl. Klara ganz andere Wege. Das Erstaunlichste, wofür Klara gesorgt hat, ist das sogenannte Armutsprivileg. Ein Wort, das im ersten Moment absurd klingt: Armut ist doch kein Privileg, sondern Bürde und Herausforderung! Für die Hl. Klara war es zentral, arm leben zu dürfen. Sie wollte über keinerlei Einkünfte und Grundbesitz verfügen, wollte ganz arm dem armen Christus nachfolgen. Erst zwei Tage vor ihrem Tod wurde ihr Anliegen endlich bestätigt. Ihr größter Wunsch fand Erfüllung!

Die Hl. Klara hatte ein sehr starkes Bewusstsein dafür, zu welchem Leben Gott sie gerufen hat. Mit all ihrer Geisteskraft setze sie sich für ihre Ideale ein. Und auch wenn sie körperlich sehr lange sehr schwächlich und ans Bett gefesselt war, minderte das die Sorge um die ihr anvertrauten Schwestern nicht. Im Gegenteil: Es machte sie besonders feinfühlig für die Nöte der Mitschwestern. Eine Frau, die ganz klar darum wusste, wie Christus in ihr wirken wollte und dem in aller Konsequenz folgte.

Und so konnte sie auch mit ruhiger Gelassenheit und Freude über ihr Leben in ihr Sterben einstimmen. Kurz vor ihrem Tod sagte sie: „Herr, sei gepriesen, weil Du mich erschaffen hast." Sie war froh und glücklich darüber, was Gott mit ihrem Leben bewirkt hatte. Und zu ihrer Seele sagte sie: „Geh sicher in Frieden, denn du wirst ein gutes Geleit haben, denn der dich erschaffen hat, hat dich zuerst geheiligt, und nachdem er dich erschaffen hat, hat er dir den Hl. Geist gesandt und dich immer beschützt, wie eine Mutter ihr Kind, das sie liebt." Sie hat sich von Gott im Leben so sehr begleitet und geführt gewusst, dass sie diese Zuversicht auch für ihren Tod hatte. Die Hl. Klara hat in einer Gottesbeziehung gelebt, die von tiefstem Vertrauen darin geprägt war, dass Gott für sie sorgt.

„Herr, sei gepriesen, weil Du mich erschaffen hast." – Wie schön wäre es, wenn ich vor meinem Tod genauso auf mein Leben zurückblicken könnte, froh darüber, wie Gott in mir gewirkt hat. Dafür muss ich nicht auf meine Sterbestunde warten. Jeden Abend neu kann ich auf den Tag zurückblicken mit einem wachsamen Blick für das Wirken Gottes an mir und durch mich an diesem Tag.

Mariä Himmelfahrt – mit Leib und Seele

Mariä Himmelfahrt, der volkstümliche Name des Festes, führt in die Irre – es hört sich an, als wäre Maria, genauso wie Jesus, in den Himmel aufgefahren. Die korrekte Bezeichnung des Festes zeigt, worum es wirklich geht: „Aufnahme Mariens in den Himmel". Auch die lateinischen Bezeichnungen zeigen den Unterschied zu Christi Himmelfahrt: *ascensio* (Auffahrt) ist der Begriff für die Himmelfahrt Christi, während für Maria der Begriff *assumpta* (Aufnahme) verwendet wird. Während Christus selbst in den Himmel aufgefahren ist, um nach der Botschaft seiner Auferstehung wieder zum himmlischen Vater heimzukehren, so ist Maria im Moment ihres Todes mit Leib und Seele, also ganz und gar und direkt, in den Himmel aufgenommen worden. In der Bibel gibt es keinerlei Angaben über ihren Tod, erst recht nicht über die Aufnahme in den Himmel. Die Vorstellung ist aber schon früh entstanden, aus der Überzeugung heraus, dass Maria doch ganz „Ja" zu Gottes Ruf gesagt hat und so rein für Gott da war, dass sie seinen Sohn zur Welt bringen konnte. Dann muss sie mit dem Tod auch direkt himmlische Heimat gefunden haben, ohne Wenn und Aber.

Als Kind und Jugendliche konnte ich mit dem Fest nichts anfangen. Ich habe an Mariä Himmelfahrt Geburtstag – immer wieder habe ich gedacht „Warum gerade an einem so komischen Marienfest? So ein Fest, worüber nichts in der Bibel steht und was man sich so recht nicht vorstellen kann?" Erst viel später habe ich eine Ahnung von der Bedeutung des Festes bekommen. Mariendogmen sind nicht nur dazu da, um Aussagen über Maria zu machen. Maria ist der Prototyp des Menschen, der „Ja“ zu Gott sagt. Was wir über Maria sagen, können wir ebenso über jeden Menschen sagen, der Gott liebt und „Ja“ zu ihm sagt. Was für Maria gilt, gilt also in gewisser Weise auch für uns. Was wir uns für uns zutiefst erhoffen, ist mit ihr Wirklichkeit geworden. Was wünschen wir uns mehr, als dass unsere Zukunft der Himmel ist, dass wir mit Leib und Seele bei Gott aufgenommen werden? Was wünschen wir uns tiefer, als dass unser Wesen sich in Gottes Gegenwart vollenden wird? Mit der Aufnahme Mariens ist der Himmel ein ganzes Stück für uns geöffnet.

Kein Wunder, dass dieses Dogma in einer Zeit verabschiedet wurde, in der die Frage nach unserer Vollendung eine besonders drängende war: Fünf Jahre nach dem Zweiten Weltkrieg, wo jeder einen engen Menschen kannte, der dem Terror des Krieges nicht lebendig entkommen war, war die Sehnsucht nach einer Antwort auf das „Danach“ besonders groß. Man suchte nach einer Antwort auf all den Schrecken, suchte nach einer positiven Perspektive.

Der Glaube an die Aufnahme Mariens in den Himmel formuliert deutlich, dass es nicht nur um das Weiterleben der Seele vor Gott geht, sondern auch um das Weiterleben des Leibes. Leib heißt nicht Körper. Es ist logisch, dass nicht unser Körper, so, wie wir ihn heute sehen, weiterleben wird. Aber es wird einen Leib geben, einen Ausdruck unserer Seele. Unser Körper ist es, mit dem wir so viel ausdrücken können und durch unsere Sinne so reich beschenkt werden: Was wären wir ohne alles Sprechen, Schmecken, Fühlen, Hören ... Auch im Himmel wird unsere Seele einen Ausdruck finden – was für eine tröstende Botschaft damals für all die, die um geschundene, entstellte und zerstörte Körper wussten. Was für eine Hoffnung für uns alle heute, dass unser Leben Zukunft und Perspektive hat. Dass, egal, was meinem Körper und meiner Seele geschieht, es für uns Zukunft im Himmel gibt.

In der Basilika Santa Maria Maggiore in Rom gibt es ein wunderschönes Mosaik über Mariä Himmelfahrt. Die verstorbene Maria liegt im Vordergrund, dahinter Jesus, der seine Mutter in klein im Arm hält und sie in den Himmel trägt. Auf manchen solcher Darstellungen sieht Maria sogar wie ein gewickelter Säugling im Arm Jesu aus.

Ich stelle mir manchmal gerne vor, dass Jesus mich so in den Armen hält wie Maria in dem Mosaik. Ganz fest hält er mich, wärmt mich, schenkt mir Schutz und elterliche Geborgenheit. Ein Säugling spielt nichts vor, trägt keine Masken, sondern folgt seinem intuitiven Empfinden. Als Säugling bin ich bei Jesus ganz schutzlos und abhängig, aber auch ganz mit meinen Gefühlen in Verbindung. Da verstellen keine Gedanken meine Vorstellungen von Gott. Ich bin einfach nur in seinen Armen. Nicht mehr und nicht weniger.

Das ist für mich Himmel: Dass da ein Gott ist, der mich zärtlich umsorgt – aber vor allem einer, dem ich mich anvertrauen kann. So leicht fällt mir das nämlich nicht. Wie ein Säugling bei Gott sein gelingt mir in der Regel nicht. Das braucht schon ein großes Vertrauen. Oft möchte ich mein Leben lieber selbst in der Hand haben, setze mich unter Druck, alles allein schaffen zu müssen. Ja, ich hoffe, dass im Himmel Schluss damit ist. Gut, dass ich darauf nicht bis nach meinem Tod warten muss: Schon jetzt, in meinem Alltag, kann ich ein Stück dieses Himmels erfahren. Mit Leib und Seele, mit allem, was mich ausmacht. Vor Gott ist nichts unwichtig, die Seele nicht wichtiger als der Leib. Als sein Geschöpf schaut er mich ganz an. Nichts an mir ist ihm fremd, ganz und gar nimmt er mich bei sich auf, schenkt mir Heimat. Und Heimat haben, einen Ort, an den ich gehöre – das ist doch wirklich himmlisch.

Eine Ode an alle Martas

Meine Oma war eine Frau der Tat. Sie wusste, was zu tun war, und machte es dann auch. Ihre Hände erzählten von der Gartenarbeit und vom Schweine füttern. Ihr Standardoutfit war „mit Arbeitsschürze" – nie ohne Mentos drin, die sie großzügig teilte. Ich habe sie vor Augen mit einer Schüssel Kartoffeln zum Schälen im Schoß, immer in Aktion. Und wenn sie nicht kochte, fegte, den Hof harkte, von den Schweinen kam oder diesen oder jenen im Blick hatte, dann redete sie. Oder leitete zumindest die unterschiedlichen Gespräche. Sie bekam viel mit und sprach es dann auch an. Wenn sie schon stillsaß, dann bewegte sich wenigstens der Mund. Sie konnte sich zwar hinsetzen, aus ihrem Stuhl heraus alles im Blick haben, aber erst nach getaner Arbeit, wenn der Kaffee angesetzt und der Kuchen für alle bereit war. Ohne ihren Kommentar lief wenig ab. Meine Oma war eine echte Marta, eine Frau der Tat, die sich, um alles Nötige kümmerte und sorgte – aber genauso kommentierte, wenn jemand seiner Aufgabe nicht nachkam. Sie sah die Arbeit und blickte nicht darüber hinweg – auch wenn sie es gleichzeitig nicht übergenau, sondern praktisch anging: Auf die Schnelle konnte das Gefegte auch einmal nur unter der Fußmatte verschwinden.

Marta hat man immer im Ohr mit dem Satz Jesu: „Maria hat das bessere gewählt." Man versteht die Textstelle als Warnung, sich nicht im Aktionismus zu verlieren, sondern sich auch genug Zeit für das „Wozu?" zu nehmen und auf das wirklich Wichtige, die Beziehung, ausgerichtet zu bleiben.

Von Marta ist aber auch noch eine weitere Begebenheit überliefert, die ein anderes Licht auf sie wirft – der Tod des Lazarus, des Bruders von Maria und Marta. Hier ist Marta die, die sich ganz bodenständig um das wirklich Wichtigste kümmert. Als sie vom Tod des Lazarus hört und mitbekommt, dass Jesus auf dem Weg ist, geht sie zu ihm und sagt zu Jesus:

> *„Herr, wärst du hier gewesen, dann wäre mein Bruder nicht gestorben. Aber auch jetzt weiß ich: Alles, worum du Gott bittest, wird Gott dir geben. Jesus sagte zu ihr: Dein Bruder wird auferstehen. Marta sagte zu ihm: Ich weiß, dass er auferstehen wird bei der Auferstehung am Jüngsten Tag. Jesus sagte zu ihr: Ich bin die Auferstehung und das Leben. Wer an mich glaubt, wird leben, auch wenn er stirbt, und jeder, der lebt und an mich glaubt, wird auf ewig nicht sterben. Glaubst du das? Marta sagte zu ihm: Ja, Herr, ich glaube, dass du der Christus bist, der Sohn Gottes, der in die Welt kommen soll.“ (Joh 11,21–27)*

Mit bodenständiger Klugheit wendet Marta sich an Jesus. Sie lässt sich das Wichtigste erklären, um dann auch einstimmen zu können in die Hoffnung auf die Auferstehung. Marta gestaltet die Situation und erzählt Jesus davon, wie sie die Situation versteht. So komme es zu einem klärenden Gespräch. Sie lässt sich auf die Worte Jesu ein, doch sie bleibt rational und klug:

> *„Jesus sagte: Nehmt den Stein weg! Marta, die Schwester des Verstorbenen, sagte zu ihm: Herr,*

er riecht aber schon, denn es ist bereits der vierte Tag. Jesus sagte zu ihr: Habe ich dir nicht gesagt: Wenn du glaubst, wirst du die Herrlichkeit Gottes sehen? Da nahmen sie den Stein weg. Jesus aber erhob seine Augen und sprach: Vater, ich danke dir, dass du mich erhört hast." (Joh 11,39–41)

Sie glaubt ihm, ja, aber der gesunde Menschenverstand siegt: „Herr, er riecht schon." Sie muss sehen, um glauben und verstehen zu können. Sie muss verstehen, dass der Glaube sichtbar wird, dass es nicht bei leeren Hülsen bleibt. Die „frommen Worte" müssen Realität werden, damit Marta sie annehmen kann.

Auch in diesem Bereich war meine Oma eine echte Marta: Irgendein Geschwafel war nicht das, womit sie ihre Zeit verbrachte. Das durchschaute sie. Der Blick auf die Realität durfte nicht fehlen.

Bei allem Lob auf die Marias, die stillen Frauen, die sich ganz in der zärtlichen Zweisamkeit zu Jesu Füßen setzen: Es braucht auch die Martas, die ganz bodenständigen, toughen Frauen, die mit einem gesunden Pragmatismus und geerdetem Menschenverstand tatkräftig am Reich Gottes bauen, die sich die Hände schmutzig machen und abmühen und so die Wirklichkeit gestalten. Es braucht die Frauen, die nicht viele Worte machen, sondern klar heraus sagen, wie sie die Welt sehen und auch Probleme anmahnen, die nicht nur hören, sondern auch laute Worte machen. Eine Ode an all die Martas! Danke, Oma, für deine bodenständige Liebe und Klarheit! Für deine arbeitsamen Hände, deine humorvollen Kommentare und dein kritisches Hinterfragen, danke!

Der beste Übersetzer jeden Kauderwelschs

Im Generalkapitel, einer Schwesternversammlung, war ich eine von dreien, die für die Schwestern aus Südafrika übersetzt hat. Eine besondere Erfahrung. Ich finde es wichtig, dass die Südafrikanerinnen alles verstehen, was die Deutschen sagen und umgekehrt. Gar nicht so einfach, für mich zumindest nicht. Entspricht das Wort, mit dem ich übersetzen möchte, wirklich dem, was die andere sagen wollte? Schwingt bei der Zuhörerin etwas anderes mit, als ich ausdrücken wollte? So gut kenne ich die andere jeweils nicht, dass ich alle Ebenen „dahinter" hören könnte – und auch wenn: Mir fehlen die sprachlichen Fertigkeiten, so genau zu sein. Ich kann nur darauf vertrauen, dass mit einem Satz mehr, dann doch klar wird, was gesagt werden möchte.

Wie oft braucht es nicht einmal unterschiedliche Sprachen, um sich nicht zu verstehen? Auch mit der gleichen Muttersprache passiert es, dass ich an meinem Gegenüber vorbeirede und er nicht versteht, was ich eigentlich sagen möchte, und genauso begegnen mir Menschen, deren Worte ich zwar verstehe, aber nicht den Sinn dahinter. Manchmal, weil ich nicht offen dafür bin, manchmal, weil hintergründige Ebenen und Erfahrungen eine Rolle spielen, von denen ich nichts weiß, und manchmal, weil Worte kulturell tatsächlich unterschiedlich geprägt sind. Wie viel Streit entsteht aus Missverständnissen und wie viele Missverständnisse gibt es, weil ich dem anderen gegenüber negativ eingestellt bin und nur höre, was ich hören will?

Mit dem Hl. Geist ist es wie mit einem richtig guten Übersetzer: Der Hl. Geist führt zusammen – er versteht genau, was der Einzelne sagen möchte und er kennt auch jedes Wort, um passend zu übersetzen. Der Hl. Geist sorgt für ein Band des Verstehens. Wie es beim Pfingstereignis so schön heißt: „Sind das nicht alles Galiläer, die hier reden? Wie kommt es dann, dass jeder von uns sie in seiner Muttersprache reden hört?“ (Apg 2,7f) Sie hören jeden in der eigenen Sprache reden. Was für ein schönes Bild für Gemeinschaft. Ein Bild von tiefem Verständnis. Das heißt jeder nimmt den anderen so sehr wahr, dass er im Sprachcode des anderen zu reden versteht. Eine Fähigkeit, die ich nur entwickeln kann, wenn ich bereit bin, mich wirklich auf den anderen einzulassen und genau hinzuhören.

Den anderen in der Tiefe verstehen, das gelingt erst dann, wenn ich auf Distanz zu meinen eigenen Vorstellungen gehe, um so den Vorstellungen des anderen näherzukommen.Es braucht die Bereitschaft, nicht mich, sondern den anderen in den Mittelpunkt zu stellen. Und wenn zwei Dialogpartner das tun, jeder den anderen in den Mittelpunkt stellt und groß sein lässt, dann kann verstehen gelingen.

Der Hl. Geist ist der weitaus beste Vertreter einer guten Übersetzungstätigkeit. Weisheit, Einsicht und Erkenntnis sind drei Gaben des Hl. Geistes. Ich brauche diese Gaben von ihm für ein gutes Verstehen: die Weisheit den anderen groß sein zu lassen, die Einsicht in das Denken und Fühlen des anderen und die Erkenntnis, wie sehr mir mein Gegenüber Geschenk ist und mir von Gott erzählt. Dafür muss ich hinhören, nicht oberflächlich, sondern ganz genau.

Manchmal reicht eine kleine Einladung an den Hl. Geist, um besser zu verstehen. Ein schlichtes „Komm, Hl. Geist!“, wenn ich in eine Begegnung hineingehe, kann Wunder wirken, um Töne zu hören, die vorher nicht in meinem Hörspektrum waren.

Mit meinem Gott ist es ein bisschen wie mit …

… einem guten Baumeister

Bei uns im Kloster wird ziemlich viel gebaut. In alten Gebäuden nicht verwunderlich. Immer gibt es irgendetwas zu tun. Da müssen die Treppenhäuser neu gemacht werden, damit sie den aktuellen Brandschutzverordnungen entsprechen, dann müssen Räume für neue Zwecke anders eingerichtet werden, den Anforderungen im Gästebereich muss man gerecht werden und Gebäude müssen neu errichtet werden. Altes muss renoviert werden, um das Erbe gut instand zu halten, neue ökologische Erkenntnisse erfordern Umbauten und dann werden neue Gebäude nötig, um den Notwendigkeiten der Gemeinschaft gerecht zu werden – bei uns gerade der Anbau an das Pflegeheim. Ein guter Baumeister muss ziemlich viel im Blick haben: Finanzen, Zweckmäßigkeit, Optik, Nachhaltigkeit. Und mit noch mehr Personen muss er in Kontakt stehen, damit auch alles gut gelingt: das Denkmalsamt muss sein OK geben, die unterschiedlichen Firmen müssen koordiniert werden und auch die zahlreichen Bedürfnisse der Bewohner dürfen nicht aus dem Blick geraten. Klar kann man auch recht einfach und zweckmäßig, ohne große Gedanken drumherum bauen. Aber das wird man spüren – schnell zeigen sich dann Mängel und ein Heimatsgefühl, Geborgenheit wird nicht so schnell eintreten. Um gut zu bauen und einzurichten, muss ich die Bewohner und die baulichen Möglichkeiten gut kennen und viel im Gespräch sein, damit das Gebäude Zukunft hat.

Mit Gott ist es wie mit einem richtig guten Baumeister: Gott weiß um so viele bauliche Möglichkeiten, Gott kennt mich und meine Bedürfnisse so genau, dass er den passenden Einrichtungsstil für mich findet, besser als ich es könnte. Er weiß darum, was ich brauche, um mich zu Hause zu fühlen – welche Farbe, welche Holzart, welche Räume mir guttun und meinem Leben dienen. Er sucht das Gespräch mit mir, erklärt mir die Vor- und Nachteile dieser und jener Bauoptionen, aber überlässt mir die Entscheidung. Gott geht es nicht darum, dass schnell eine praktische Unterkunft steht, sondern dass die Unterkunft Heimat stiftet.

Im Johannesevangelium heißt es: „Im Hause meines Vaters gibt es viele Wohnungen. [...] Ich gehe, um einen Platz für euch vorzubereiten." (Joh 14,2) Gott hat nicht einfach Wohnung für mich – er bereitet sie für mich so, dass ich mich in ihr wohlfühle. Gott hat meine Wohnung im Blick, sieht, wo Ausbesserungsarbeiten anstehen, wo es eine kleine Renovierung braucht und welche kleinen Veränderungen meinen Lebensumständen am besten entsprechen.

Gott ist der gute Baumeister meines Lebens. Er baut mir mein Lebenshaus auf, achtet auf all das, was mein Leben braucht. Wenn etwas zu kitten ist, dann ist er da und wenn etwas neu werden muss, dann hat er realisierbare Verheißungen für mich. Es liegt an mir, ihm dem Bauauftrag immer wieder neu zu erteilen und seiner Expertise zu vertrauen. Bau mich auf, Herr, mache aus mir ein Lebenshaus, dass anderen ein Dach über der Seele bietet. Bau du mich auf!

… einem guten Kellner

Noch heute gehe ich im Heimaturlaub in ein Café aus Studientagen. Während sich viel geändert hat, ist Maria immer noch da. Maria war schon damals meine absolute Lieblingskellnerin. Sie wusste, je nach Uhrzeit, eigentlich schon bevor ich den Mund aufgemacht habe, was ich bestellen würde: SchokMok tagsüber, abends ein großes Radler. Und wenn es etwas Außergewöhnlicheres geben sollte: „Gibt's etwas zu feiern?"

Außerdem konnte Maria ziemlich gut abschätzen, ob mir gerade ein Gespräch guttut oder sie mich lieber in Ruhe lassen sollte. Sie war da, wenn mir jemand zum Reden guttat, und sie blieb auf Abstand, wenn ich dabei war, Fachbücher für Prüfungen zu lesen. Ging es auf Prüfungen zu, gab es auch mal Eis oder Sahne zur Waffel dazu, ohne dass ich es bestellt hatte oder neben dem SchokMok lag nicht nur ein Eiskonfekt. Ziemlich egal, in welcher Situation ich gerade war – einen Moment bei Maria sein, tat gut. Maria kannte meine ganze Clique. Noch heute, wenn ich dort etwas trinken gehe, fragt sie mich nach meinen Freunden: „Was macht er jetzt? Und sie, ist sie glücklich?"

Mit meinem Gott ist es ein bisschen wie mit Maria. Er kennt meine Bedürfnisse, bevor ich sie geäußert habe und erfüllt mir auch Wünsche, die ich gar nicht ausgesprochen habe oder noch gar nicht kannte. Gott ist immer da für ein Gespräch, egal, wie es mir gerade geht – ob ich eine Freude teilen möchte oder Kummer habe, er ist da. Auch wenn ich gerade den Kopf voll habe und keine Zeit oder keinen Nerv für ein Gespräch, dann ist er dennoch da, hält sich im Hintergrund, kümmert sich um mich und ist immer bereit, wenn doch ein Gespräch guttut. Gott weiß um mich und spürt auch ohne Worte, wie es mir geht. Er ist für mich da, wie auch immer ich vor ihm bin.

„Du bist bei mir, [...] du deckst mir den Tisch." heißt es in Psalm 23. Gott sorgt für mich, deckt mir den Tisch mit meinen Lieblingsspeisen. Er kümmert sich um alle Aspekte meines Lebens, auch um die leiblichen. Und er hat einen wachen Blick dafür, wenn etwas ausgeht, kein Gang ist ihm zu viel.

Was ihn von einer guten Kellnerin unterscheidet? Sein Café ist immer geöffnet und er hat immer Dienst. Und Gott hat kein Problem mit einem vollen Gastraum – er wird dennoch jedem gerecht, hat für jeden ein offenes Ohr und alle Zeit der Welt. Zahlen muss ich auch nicht – die Rechnung geht auf ihn.

... der Polizistin, die mich angehalten hat

Karfreitag, Kreuzweg für Kinder in der Kirche gehabt, alles dauerte länger als gedacht. Nur noch wenig Zeit, um pünktlich zum nächsten Kreuzweg bei uns im Kloster zu sein. „Wenn ich die hundert Meter durch die Fußgängerzone fahre, spare ich richtig Zeit, dann kann ich noch zur Toilette, ohne zu spät zu kommen. Klar, macht man nicht, aber es ist ja nichts los, ist ja keiner auf der Straße ..." Und so lenke ich das Auto in die Fußgängerzone. Beim Herausfahren sehe ich im Rückspiegel das „Bitte anhalten"-Schild eines Polizeiautos hinter mir. Na, wunderbar ... Mir rutscht das Herz bis in die Hose. Das wird ganz schön peinlich ... Das gibt Ärger, mein Verhalten war schlichtweg falsch. Und wie peinlich, wenn ich dann nachher den Bußzettel abgeben muss ... Deutlich missgestimmt fahre ich an die Seite und halte an. Das Polizeiauto hält direkt neben mir und die Polizistin öffnet nur das Fenster und bedeutet mir, das gleiche zu tun. Ich öffne und entschuldige mich: „Ich weiß, das war falsch, ich bin durch die Fußgängerzone gefahren. Es tut mir leid." „Ok, Sie wissen, dass das nicht geht. Versprechen Sie mir, nicht noch einmal da durch zu fahren?" „Ja klar, Entschuldigung!“ „Dann wünsche ich Ihnen noch einen schönen Tag und gute Feiertage!“ „Danke! Ihnen auch!“ Was war ich erleichtert!

Mit meinem Gott ist es ein bisschen wie mit dieser gnädigen Polizistin: Sie weist mich darauf hin, wo ich etwas falsch gemacht habe, zeigt deutlich, was wichtig ist einzuhalten, damit alle gut leben können. Sie übersieht nicht einfach – die Wahrheit kommt ans Licht. Aber: Sie stellt mich nicht bloß, und sie nimmt meine Reue ernst. „Versprechen Sie mir nicht noch einmal da durch zu fahren?“ Ihr geht es nicht um Strafe, sondern um die Zusage eines Neuanfangs.

So ist es auch mit meinem Gott: Ihm geht es nicht darum, mir mein Fehlverhalten vorzuführen, sondern mich liebevoll und barmherzig, aber durchaus klar, vor Irrwegen zu bewahren. Danke an die Polizistin, die mich an dem Tag etwas von Gottes Barmherzigkeit hat begreifen lassen – und ja, ich bin seitdem nie wieder durch die Fußgängerzone gefahren!

… der Mediathek auf meinem iPod

Mit meinem Gott ist es ein wenig, wie mit meiner Mediathek auf dem iPod – für jede Lebenslage ist was an Musik dabei: da sind die melancholischen Lieder, wenn es mir nicht gut geht, vor Freude und Leichtigkeit strotzende Songs, dann sind da geistliche Hörbücher, aber auch Comedy, klassische Musik, um zur Ruhe zu kommen und mich ganz in die Musik hineinzugeben, Krimis, um „einfach mal durchzuatmen“ – für jede Situation finde ich den passenden Soundtrack, der mich begleitet. Mit meinem Gott ist es genauso: Für jede Situation schreibt er mir eine Melodie ins Herz, in allem begleitet er mich mit seiner Stimme.

Doch zwei gravierende Unterschiede gibt es: Der Speicherplatz auf meinem iPod ist beschränkt – die Fülle, die Gott an Melodien für mich bereithält, hat keine Begrenzung. Und den iPod muss ich selbst mit passenden Stücken füllen. Das muss ich in meinem Leben nicht – Gott schenkt mir immer wieder neue Melodien hinein, die ich gar nicht hätte aussuchen können, die er mir schenkt. Gott hat meinem Leben eine Melodie geschenkt, hat sich mir eingepflanzt. Welchen Ausdruck ich der Melodie geben kann, wie sich die Partitur entwickelt und welche Themen dazu kommen, da spiele ich mit!

Wie klingt meine Lebensmelodie? Welche Töne spiele ich oft und wo sind die Saiten eher verstaubt? Lassen wir doch seine Melodie aus uns heraustönen! Ich glaube an einen Gott, der in mir singt!

Der unerwartete Bruder

In meiner Studienzeit gab es einen Obdachlosen, der mir sehr oft auf dem Domplatz in Münster begegnete. Er stand vor der Post. Ein sehr angenehmer Mensch, nie zudringlich und sehr freundlich. Auch wenn man ihm nichts gab, wünschte er einen schönen Tag. Er war so ehrlich dankbar, wenn er etwas bekam. Einmal kam ich vom Einkaufen, hatte kein Kleingeld, und lud ihn ein, sich etwas aus meiner Einkaufstasche zu nehmen. Dankbar strahlend nahm er sich einen Apfel: „Nehmen Sie ruhig noch etwas – oder zumindest einen Apfel mehr!“ „Wirklich? Ein paar Vitamine, die tun jetzt gut!“ So froh über so wenig …

Etwas anderes beeindruckte mich aber noch wesentlich mehr. „Sie sehen aber heute nicht glücklich aus, bekümmert Sie etwas?“, fragte er mich einmal. Er hatte recht, es ging mir wirklich nicht gut. „Ja, stimmt, heute ist nicht mein Tag. Manchmal ist’s halt so …“ „Dann lassen Sie mich Ihnen heute etwas Gutes sagen: Ich freue mich jedes Mal, wenn Sie hier vorbeikommen! Sie sind immer so nett zu mir, nicht so von oben herab.“ Mich hat es sehr berührt, wie er mich aufbauen wollte, für mich da war. Ich sagte ihm, wie gut mir das tat und dankte ihm. Als ich mich schon verabschiedet hatte und zwei Schritte gegangen war, drehte ich mich noch einmal um und wollte ihm etwas Kleingeld geben. Er schaute mich ganz überrascht an und schüttelte den Kopf: „Nein, nein, heute geht es einmal nur um Sie! Bitte kein Geld! Seien Sie gesegnet!“

Es hätte ihn beleidigt, wenn ich darauf bestanden hätte, ihm Geld zu geben. Ihm war es ein großes Anliegen, auch einmal etwas für mich tun zu können. Auch er wollte einmal dafür sorgen, dass es mir besser geht. Ein Moment, in dem wir beide spüren durften: Wir sind beide aufeinander angewiesen, vielleicht auf unterschiedliche Art und Weise, aber aufeinander verwiesen. Nicht nur er empfängt von mir, nicht nur ich gebe. Es kann auch einmal andersherum sein.

Der Moment hat unsere Beziehung verändert: Wir sind uns danach noch einmal anders begegnet, mit weniger Gefälle. Wir sind uns, mag es noch so pathetisch klingen, einander ein wenig Schwester und Bruder geworden. Ganz unvermutet wurde er mir zum Bruder, der mir Gottes Liebe zeigte. Und ich wurde ihm zur Schwester, als er meine Schwäche wahrnehmen durfte. Diese Begegnungen sind jetzt schon über zehn Jahre her, und doch denke ich immer wieder daran zurück, spüre noch immer sein Bestreben auch mir etwas Gutes zu tun. Gottes Liebe und Fürsorge kennt keine Grenzen, wenn wir nur bereit sind, einander in die Augen zu schauen, und bereit sind, im anderen den Bruder und die Schwester zu entdecken.

Gemeinsam beten wagen

„Und noch etwas sage ich euch: Wenn zwei von euch hier auf der Erde darin eins werden, um etwas zu bitten – was immer es auch sei –, dann wird es ihnen von meinem Vater im Himmel gegeben werden. Denn wo zwei oder drei in meinem Namen versammelt sind, da bin ich in ihrer Mitte."
(Mt 18,19f)

„Wo zwei oder drei in meinem Namen versammelt sind" – wer kennt diesen Bibelvers mit dem zugehörigen Kanon nicht? *Das* Lied der 80er- und 90er-Jahre „Wer-mit-macht-erlebt-Gemeinde"-Kirche. Seine wirkliche Kraft entwickelt der Satz aber erst, wenn ich ihn mit dem vorherigen Vers lese: „Wenn zwei von euch darin eins werden, um etwas zu bitten, dann wird es ihnen von meinem Vater gegeben."

Gott ist nicht nur irgendwie unter uns, wenn wir zu zweit oder zu dritt versammelt sind: Er ist handelnd unter uns, ganz und gar nicht abstrakt, sondern ganz konkret: Wenn ihr euch eins seid in einer Bitte, dann wird es euch gegeben. Gott ist kein Flaschengeist, der einfach jeden Wunsch erfüllt, aber wenn sich zwei in einer Bitte einig sind, dann hört er die Bitte nicht nur, sondern beantwortet sie.

„Wenn zwei von euch sich eins werden …" Ein Satz, der mir eine Art Richtschnur sein kann, welche Gebete Gott erfüllt. Ein interessanter, kurzer Nebensatz.

Jesus möchte damit sicherlich nicht sagen, dass es Gott auf die Quantität der betenden Menschen ankommt, um Gebete zu erhören, und die Bitte des Einzelnen nicht zählen würde. Aber was passiert, wenn wir uns über unsere Sehnsucht, unsere Bitten erst einmal austauschen würden? Wenn wir wenigstens zu zweit sind, kommt ein Prozess in Gang, der, ein paar Falltüren im Beten ausschließt: Wenn ich mit mehreren bete, dann wird auffallen, wo mein Bitten nur ein bequemes Abschieben auf Gott ist, damit ich nicht handeln muss. Der Spielraum meines Handelns und meiner Möglichkeiten wird klarer: Worum bitte ich Gott; und was liegt aber auch in meiner Verantwortung? Und wenn unsere Bitten sich widersprechen, dann ist es dran, noch einmal gemeinsam hinzuhören: Welche Ziele verfolgen wir denn? Was dient dem Reich Gottes? Widersprüchliches kann nicht dem Reich Gottes dienen. Die Suche nach einem Konsens lässt mich tiefer nach Gottes Willen suchen, weil ich dort Einigkeit finde.

Und in dieser Einigkeit, da realisiert sich schon Gottes Reich, da sind wir schon vereint dabei, nach seinem Willen zu handeln. Ein kleines Beispiel: Wenn ich mir wünsche, dass eine Veranstaltung ausfällt, weil es anstrengend werden könnte, ich anderes zu tun habe oder oder oder ... dann muss das noch lange keine Bitte sein, deren Erfüllung nützlich ist, auch wenn es für mich vielleicht bequem ist. Wenn wir uns aber alle gegenübersitzen und wir alle denken, dass es gerade zu viel ist und wir es lieber lassen würden – und wir im besten Fall auch noch ganz unterschiedliche Persönlichkeiten sind – dann ist wahrscheinlich, dass sich darin auch Gott zeigt. Genauso wie dann, wenn ich beim Zusammensitzen spüre: OK, anders wäre bequemer, aber ich merke aufgrund der Rückmeldungen der anderen, dass diese Veranstaltung jetzt dran ist. Dann wird sich auch ein Weg finden, um mit der zusätzlichen Belastung umgehen zu können.

Im gemeinsamen Hinhören zeigt sich Gottes Wille meist schneller, als wenn ich um mich selbst kreise. Im Miteinander erkenne ich oft aufrichtiger, wo es in meinem Bitten nur um mein Ego geht und wo ich wirklich den Willen Gottes im Blick habe.

Und darüber hinaus tut es einfach sehr gut, im Beten nicht allein zu sein. So kann ich erleben: Auch wenn ich selbst einmal nicht mehr beten kann, keine Worte finde, oder die Worte leer scheinen – es ist noch jemand da der betet. Im Studium habe ich es über ein paar Monate erlebt, dass das Beten mir leer erschien. Vor dieser Leere zu stehen war nicht leicht und oft bin ich nur in den Gottesdienst gegangen, weil ich davor oder danach mit meinen Freunden und Freundinnen verabredet war. Aus komplett alleinigem Antrieb wäre ich aufgrund der Leere vielleicht nicht mehr gegangen. Oft habe ich nicht laut mitgebetet, weil mir die Worte so fremd waren. Das tat weh und fühlte sich einsam an. Irgendwann, beim Vaterunser, bemerkte ich in der Tiefe: „Aber ihr betet! Auch wenn ich nicht sprechen kann und mir die Worte fehlen: Ihr habt sie und ich darf mich da mit hineinlegen." Und mit der Freude über diese Gemeinschaft kamen dann auch die Worte wieder.

Beten ist nicht nur Beziehung zwischen mir und Gott. Mein Beten wird umso reicher, je mehr es sich auch auf andere hin öffnet. Das Beziehungsgeflecht wird dichter. Und doch tun die meisten sich schwer mit dem gemeinsamen Beten. In der Stille geht es meistens noch – aber das freie laute Beten in Gemeinschaft fällt oft schwer und scheint zu intim. Was mag der andere über mein Beten denken? Ist das nicht zu nah? Keine Frage, ich muss bereit dazu sein und mich darauf einlassen wollen. Sonst wird es keine positive Gebetserfahrung werden, sondern eher als unangenehm oder gar übergriffig im Gedächtnis bleiben. Aber vielleicht gibt es Menschen, mit denen es möglich ist, in freier Weise zu beten. Und sei es nur die Namen all derer, die einem am Herzen liegen, Gott anzuvertrauen als einen ersten Schritt. In einem zweiten Schritt kann dann hinzukommen, auch Anliegen mit den Namen zu verbinden. Oder ich beginne das gemeinsame Beten mit dem Schritt, dass ich Gott danke für das Gute des Tages und aus dem Tag heraus eine Bitte formuliere.

Das Wagnis des gemeinsamen Betens lohnt sich. Besonders darin wird erfahrbar, dass wir zusammen vor Gott stehen. Seine Gegenwart spüre ich so oft schneller, als wenn ich allein bete. Die anderen tragen mit. Sollte meine Stimmung gerade eine nachlässige sein, dann ziehen die anderen mich mit ins Gebet hinein. Genauso schön ist die Erfahrung, selbst jemand sein zu dürfen, der den anderen mit vor Gott bringt und motiviert sich auf ihn einzulassen.

„Wo zwei oder drei in meinem Namen versammelt sind, da bin ich mitten unter ihnen." – Gott möchte mitten unter uns sein. Sind wir in seinem Namen versammelt, dann wird seine Gegenwart schnell spürbar. Und das gilt nicht nur für das Beten. Egal, was wir in seinem Namen tun, jedes gemeinsame Essen, jedes Gespräch, jeder Besuch – ist es in seinem Namen, dann ist er auch dabei!

Blaise Pascal oder mutig drauflos stammeln

Jahr der Gnade 1654

Montag, den 23. November (...). Seit ungefähr abends zehneinhalb bis ungefähr eine halbe Stunde nach Mitternacht:

Feuer Gott Abrahams, Gott Isaaks, Gott Jakobs, nicht der Philosophen und Gelehrten.

Gewissheit, Gewissheit, Empfinden: Freude, Friede. Der Gott Jesu Christi. (...) Dein Gott ist mein Gott.

Vergessen der Welt und aller, nur Gottes nicht. Er ist allein auf den Wegen zu finden, die das Evangelium lehrt.

(...), die Welt kennt dich nicht; ich aber kenne dich. Freude, Freude, Freude, Freudentränen. Ich habe mich von ihm getrennt. (...) Mein Gott, wirst du mich verlassen? Möge ich nicht auf ewig von ihm getrennt sein. Das ist aber das ewige Leben, dass sie dich, der du allein wahrer Gott bist, und den du gesandt hast, Jesum Christum, erkennen. Jesus Christus! Jesus Christus!

Ich habe mich von ihm getrennt, ich habe mich ihm entzogen, habe ihn geleugnet und gekreuzigt. Möge ich niemals von ihm getrennt sein. Er ist allein auf den Wegen zu bewahren, die im Evangelium gelehrt werden. Vollkommene Unterwerfung unter Jesus Christus und meinen geistlichen Führer. Ewige Freude für einen Tag der Mühe auf Erden. (...) Amen."

Dieses *Mémorial* schrieb Blaise Pascal 1654 nach einer mystischen Erfahrung in einer Kirche. Ein kleiner, schmaler Pergamentstreifen. Dieses Erlebnis muss dem Mathematiker Blaise Pascal sehr viel bedeutet haben: Bis zu seinem Tod trug er es, immer wieder neu eingenäht in das Futter seines Rockes, an seinem Körper. Zufällig wurde es nach seinem Tod von seinem Diener entdeckt.

Blaise Pascal, als Mathematiker ein begnadeter Denker, zeigt hier, stammelnd und fragmentarisch, auf eine persönliche Weise, dass Gott nicht der Gott der Philosophen und Gelehrten ist, also nicht in philosophischen Gottesbeweisen zu finden ist, sondern dass Gott seine Anwesenheit als Gott Abrahams, Gott Isaaks, Gott Jakobs zeigt. Gott zeigt sich also nicht abstrakt, sondern als persönliches Gegenüber. Er ist mein Gott, der Gott meiner Mitschwestern, meiner Freunde, meiner Vorfahren, meiner Familie, der Gott des Bäckers an der Ecke, der Gott der Kassiererin im Supermarkt, der Gott des Lagerarbeiters, der Gott der Lehrerin ... Ich könnte die Reihe immer weiter so fortsetzen. Sicherlich eine ganz besondere Gotteserfahrung, wenn ich mir das einmal bewusst mache. Gott ist ein Gott, der sich in diesen zahlreichen persönlichen Beziehungen zeigt, nah und persönlich, nicht abstrakt vorgestellt. Gott ist ein Gott der persönlichen Beziehungen. Und genau das ist diese Erfahrungsebene: Gott zeigt sich mir ganz persönlich nahe. Dafür habe ich keine Worte, nichts kann diese Nähe ausdrücken. Keine Worte gibt es für diese Sprache. Wenn ich versuche, davon zu erzählen, wie Gott mir nahekommt, wie er sich mir zeigt, dann reicht kein Wort aus. Egal, wie lange ich nach Worten suchen würde. Aber dennoch darf ich das Stammeln nicht lassen. Gott ist eben kein Gott, der nur im persönlichen Gespräch erfahrbar bleibt. Sondern meine Erfahrung möchte auch verkündet werden, auf welche Art auch immer: in meinem Handeln, in meinem Sprechen, in meinem ganzen Leben.

Ich sollte mein Stammeln nicht unterschätzen. Wenn meine Worte auch nicht reichen, mein Stammeln gibt Zeugnis von der Größe Gottes. Mein Stammeln zeigt, dass kein Wort seine Größe einholen kann, dass seine Größe mich zum Stammeln bringt. Stammeln ist kein Versagen. Stammeln ist ein Zeichen der eigenen Demut und dem wunderbaren Wirken unseres Gottes.

Wenn Blaise Pascals *Mémorial* auch fragmentarisch und stammelnd ist: Welche Tiefe der Beziehung drückt sich darin aus, welche Schönheit und Innigkeit und Nähe. Stammeln wir also ruhig mutig los – die Liebe und die Nähe aus der erfahrenen Gottesbegegnung werden aufscheinen!

Blaise Pascal hat seine Erfahrung sogar verschriftlicht und sie in jeden neuen Rock eingenäht. Er hielt sich an seinem Stammeln fest. Der große Gelehrte hat keine geschliffenen, intelligente, autorisierte und formvollendete Sätze eingenäht, sondern schlichte Fragmente. Ein Stammeln, das ihm Halt gegeben hat. Manchmal braucht es Sätze, um sich daran festzuhalten, und es müssen keine „großen" Sätze sein, sondern Sätze, die an eine tiefe, beeindruckende Erfahrung erinnern.

Was würde auf meinem eigenen „*Mémorial*" stehen? Woran möchte ich mich immer wieder, wenn auch noch so stammelnd erinnern, weil es mir Halt gibt und mich ausrichtet auf den Gott, der sich mir ganz lebendig zeigt? Welche stammelnden Worte beschreiben das Wesen meiner Gotteserfahrung in der Tiefe?

Ein Abendgebet

Müde von all den Ereignissen des Tages stehe ich vor dir,
so viele Menschen, denen ich begegnet bin,
Worte, die ich gehört und gelesen habe,
so viele Gedanken und Gefühle,
manche haben mich von dir weg,
manche zu dir hingeführt.

Hilf mir, dein Heil in all dem zu erkennen,
zu spüren, dass du bei mir warst – in allem,
den schweren und schönen Momenten.

Alles Schwere gebe ich zurück in deine Hände
voll Vertrauen, dass es bei dir gehalten ist.
All das Schöne, das von Dir erzählt hat,
lass es mich mitnehmen in meine Träume,
dass auch sie von Dir erzählen
ich in dir geborgen schlafe
und mit dir in den neuen Tag starte.

Danke

Danken möchte ich zu allererst Gott. Das klingt jetzt vielleicht sehr fromm – aber keiner dieser Texte hätte entstehen können, wenn sie sich nicht immer wieder in mein Leben einmischen würde. Danke Gott, dass du mir einen Blick für die Schönheiten des Alltäglichen schenkst, wenn ich mal wieder an eigenen großen und kleinen Fragen verzweifle! Danke, dass du mir Menschen an die Seite stellst, Schwestern und Brüder, die mir dein Gesicht zeigen und es mir so leichter machen in den Spiegel zu schauen. Danke, Gott, dass auch dann, wenn ich dich nicht verstehe, gar nicht sagen kann, wer du eigentlich bist, du mich aber wissen lässt, dass da ein du ist!

Danken möchte ich meinen Mitschwestern, die mit mir diesen Gott entdecken, die mit mir fragen, suchen, zweifeln, sich freuen und feiern. In der gemeinsamen Suchen nach Gott verändert sich auch der Blick auf mein Leben. Was würde mir fehlen ohne unser gemeinsames Beten? Es ist so schön mit euch Gottes Gegenwart zu entdecken und auszustrahlen! Danke für das je individuelle Gesicht Gottes, das ihr mir zeigt!

Danken möchte ich auch meinen Freund:innen und meiner Familie. Wie meine Mitschwestern kennt ihr auch die Momente, wo ich ohne „Glitzer-Blick“ in die Welt schaue – danke für euer Aushalten! Danke für den Glitzer, den ihr über mein Leben streut!

Ein besonderer Dank gilt auch all den Menschen, die mir von ihrer Gottsuche erzählen: Danke für euer Vertrauen und unser gemeinsames Entdecken!

Danken möchte ich auch dem Patmos Verlag, im Speziellen Anja Hager, für die so unkomplizierte und frohe Zusammenarbeit: Auch das waren wahre Glitzer-Momente!

Über die Autorin

Sr. Marie-Pasquale Reuver hat Theologie studiert, ist ausgebildete Pastoralreferentin sowie Logotherapeutin. Die Franziskanerin von Siessen arbeitet derzeit als Hochschulseelsorgerin der ÖHG Hohenheim und in der Pastoral an verschiedenen Einsatzorten in Stuttgart und Umgebung.

Literaturverzeichnis

Falls nicht anders gekennzeichnet,
sind alle Bibeltexte entnommen aus:
Einheitsübersetzung der Heiligen Schrift
© 2016 Katholische Bibelanstalt GmbH, Stuttgart.
Alle Rechte vorbehalten.

Bibeltext der Neuen Genfer Übersetzung –
Neues Testament und Psalmen © 2011 Genfer Bibelgesellschaft. Wiedergabe mit freundlicher Genehmigung.
Alle Rechte vorbehalten.

Marc-Uwe Kling, Die Känguru-Chroniken.
Ansichten eines vorlauten Beuteltier
© 2009 Ullstein Buchverlage GmbH, Berlin.

Marianne Williamson, Rückkehr zur Liebe
© 1993 Arkana Verlag, München, in der Penguin
Random House Verlagsgruppe GmbH,
Übersetzung: Susanne Kahn-Ackermann.